봄날의 향연

이 필 정   열   번 째   시 집

봄날의

향연

대양미디어

열 번째 시집을 출간하며

푸른 산은 수채화 물감을 칠해 놓은 듯 신록의 향연은 아름답고 향기롭기만 하다.

누가 재촉하지 않아도 때 맞추어 가지 가지 꽃들이 피었다가 스스로 알아서 지고 열매를 맺는다.

꽃 피워야 할 때 꽃 피울줄 알고 져야 할 때 시름없이 지고마는 저 꽃들의 소리없는 아우성을 귀 기울여 듣고 볼 줄 알아야 한다.

나는 자연에 심취해 꽃의 웃음소리를 들을 수 있고, 새의 눈물을 볼 수 있어서 행복하다.

등단한지도 어느덧 20여년의 세월이 흘렀다.

열 번째 시집을 출간하면서 출판기념회를 해야겠다 생각해 왔지만 코로나19 감염으로 대중이 모일 수 없는 관계로 생략하게 되어 지인, 팬분들을 만나뵐 수 없게되어 아쉽다.

세월은 흘러도 바람은 언제나 좋은 일만 가득 실어와 그대 창가에 행복을 흩뿌려 놓기를 바라는 마음 간절하다.

　나의 시집을 읽고 기뻐할 독자들과 한 권의 시집이 탄생하기까지 아낌없는 응원과 격려를 보내준 아내에게 고마움을 전하고 싶다. 우연한 인연으로 만난 문학박사이자 문학평론가이신 장희구 박사의 평설은 나에게 큰 힘과 함께 시를 써야만 하는 용기를 북돋아 주셨다. 또 한 권 시집을 이렇게 발간해주신 대양미디어 서영애 대표님께도 심심한 감사의 말씀을 드린다.

　코로나19가 지구상에서 하루빨리 퇴치되어 자유로히 왕래할 수 있길 바라며 시집 『봄날의 향연』을 읽고 "그렇구나" 하며 고개를 끄덕일 수 있었으면 좋겠다.

2021년 5월
장미가 예쁘게 핀 창가에서
지은이

차례

제2부 그리운 어머니

제3부 참사랑

제4부 능안골 추억

제5부 산악인의 행복

제1부

새 희망

하얀 밤 시린 가슴
나뭇등걸에 초록 잎 돋고
파란 하늘 가득 꽃피워
세상 깨우니

겨우내 움츠렸던
생명 스멀스멀
잠에서 깨어나
새 희망 펼쳐 보고파

가슴 활짝 열어 젖히고
두 주먹 불끈불끈
밝은 미소 신비의 빛으로
목표를 향해 달려간다.
- 「새 희망」 전문

길을 물어라

인생길 걷다 보면
꽃길도, 고행길도
순탄 길도 있다지만
어느 길을 선택해야 할지

세상에 태어나
울음 터트리는 날부터
주저 말고 길을 물어라

아플 때나 기쁠 때나
슬플 때나
길을 묻다 보면

험난한 인생길도
꽃길로 변해
아름다운 인생길 되어 주리니.

나약한 존재

별꽃을 피어나게 하는
삶의 그림자
봉창에 기대어 졸고 있는 밤

꿈과 삶을 일깨우는
비바람 불어와
단비라도 내리면

지구촌 병들게 하는
문명의 이기와
가뭄에 목마른 대지도

무지갯빛 영롱한
사랑의 미소로
활기가 넘치기도 하지만

인간은

자연의 재앙 앞에 고개 떨구는

나약한 존재일 뿐이다.

기다림

분수대 하얀 물줄기
알알이 영근 포말
담에 쏟아져
출렁이는 순간
나비 한 마리
나풀나풀 춤추며
시선을 유혹한다

빛바랜 벤치
사랑꾼 사뿐히 앉아
예쁜 대화 나눌 수 있길 바래보지만
바람만 스쳐 갈 뿐
짝 잃은 원앙이 되어
홀로 외롭게 서성인다.

새 희망

하얀 밤 시린 가슴
나뭇등걸에 초록 잎 돋고
파란 하늘 가득 꽃피워
세상 깨우니

겨우내 움츠렸던
생명 스멀스멀
잠에서 깨어나
새 희망 펼쳐 보고파

가슴 활짝 열어 젖히고
두 주먹 불끈불끈
밝은 미소 신비의 빛으로
목표를 향해 달려간다.

청산유수 靑山流水

빈산은 시끌벅적
겨우내 시름시름 앓던
아픈 상처 보듬어 안고
만화방창 꽃이 피어나
수류화개 水流花開 하니

산천에 핀 꽃은
눈이 시리도록 아름답고
구만리 푸른 하늘은 꽃향기 가득 채워
임 만나러 가는 길
환한 미소 가득하여라

가는 곳마다 꽃물결 흥건하고
수양버들 바람에 푸르러
강물에 넘친 햇살 물결 따라 반짝일 때
청산유수 靑山流水 같은 세월
봄을 떠나보내려 발길 재촉하네.

봄의 정취

봄바람 살랑살랑
울안 숨어드니
겨울잠 자던 화초들
화들짝 놀라 눈 뜨고

울타리에 앉은 참새 부부
아직은 바람이 차가워
깃털 부풀리고
조롱조롱 속삭인다

한낮 햇살 따사로이 비춰면
움츠렸던 날개 하늘을 날고
화초들 꽃망울 터트릴 날
기다리며 숨 고르기 한다

차가운 봄바람도
새로운 각오, 힘찬 발걸음
팔 걷어붙인 힘을
이기지 못해 울며 떠난다.

민들레 가족

아내 손 잡고
다정히 걷는 길

꽃비 내려
개천 가득 흐르고

가지 끝 매달린 열매
수줍어 숨는

솔고개길 따라
민들레 입덧하더니

꽃을 피워
한 가족 이뤘네.

달맞이꽃

어둠 속 달맞이꽃
보름달 빛에 반해
노랗게 입 벌려 하늘을 보네

밤이슬 발자국 소리
어둠을 깨고
동그랗게 동그랗게
글 읽는 소리 들려오네

밤새 쌓은 지식
약이 되고 힘이 되어
웃음으로 가득 찬 햇살 안고
힘차게 달려가네
세월 속으로…….

도시 농촌 풍경

밭이랑엔 해가 져도
바람 한 점 없는
한더위

날벌레 울음 들녘을 허물고
호미질마다 지렁이 꿈틀
나이든 지금도 소름 돋는다

일에 열중하다 보면
모기떼 앉은 줄 모르고
내 종아리 꽃물 든다

땀에 젖은 몸
어기적어기적 땅을 파며
주룩주룩 물을 토해 낸다

그늘 하나 없는
들판에 홀로 앉아
냉수 한 사발 들이킬 때

갑자기 불어오는
들바람에
개망초 단장 가슴을 흔들고

어느 집 밥 짓는 냄새
허기진 배 꼬르륵꼬르륵
온 동네 진동한다.

눈꽃 축제

새하얀 이팝나무 꽃길
벌 나비 찾아들어 파티를 열고
곱디고운 꽃바람 축제를 펼친다

바람도 하얗게 물들고
마음도 하얗게 물들어
온 세상 환하게 빛난다

정도 넘치고 사랑도 넘치고
한번 보면 또 보고 싶은
눈꽃 축제

잔잔한 꽃물결 하늘에 펼쳐져
해님도 꽃향기에 취해
하얗게 하얗게 졸고 있네.

* 눈꽃 : 이팝나무 꽃을 일컬음

오월 장미

겨우내 잠자던 장미 넝쿨
울 안팎으로 가시 손
꽃망울 만삭되어

정겨움 안고 담금질해 온
추억의 붉은빛 겹겹이 피어

휘영청 밝은 달
호기심 그득한 눈으로
앞마당까지 팔 뻗어와

은은한 향기 어루만지더니
초췌한 하얀 얼굴로
낮달이 되고 말았네.

장맛비

언덕 비탈 수줍은 배롱나무
여름꽃 내려앉은 꽃 사이
비집고 지나는 낮 바람

돌아올 사람 기다리는
빨간 꽃 덩어리 위로
장맛비가 타더니

독약 같은 빗물에 녹아
생명 다하지 못한 채
한세상 마감하니

아름답던 그 순간들은
몽상 속에 그리움만 남기고
보고 싶은 얼굴들 보이지 않네.

토마토 운명

햇살이 퍼지기도 전에
아침 식사 하러 나온 새 떼
찌룩 찌룩 찌루룩
빨간 토마토를 쪼아댄다

장맛비와 열대야를 이겨내
단물 가득 채우고
수줍게 웃는 토마토
새 떼 먹이가 되어 눈물 흘리면

잠결인 듯 손자 얼굴엔
토마토 발그레한 미소가
또 하나의 역사가 되어
햇살처럼 퍼진다.

꽃 물결

추억담은 울타리
노란 장미 빨강 장미
얼싸안고 일렁이니

행인 발길 멈춰 세워
"예쁘다 예뻐" 감탄사
석룻빛 노을 쉬어가고

인동초 꽃향기에 취해
어질어질 현기증
넋 나간 피안 되니

정성으로 가꾼 세월
보람으로 찾아들어
온통 꽃 물결로 흥건하다.

제2부

그리운 어머니

시간이 지날수록
더해가는 그리움

뜰에 핀 장미꽃보다
진한 아련함일까

절절히 맺어지는
고운 서러움일까

길가에 핀 들국화
아린 가슴일까

뜸북새 우는 비 갠 날엔
사무치도록 어머니가 그립습니다.
– 「그리운 어머니」 전문

가을 연가

노란 은행잎
바람 여행 떠나는
계절이 오면

가족 손 잡고
왕새우 소금구이
입꼬리 충전하고

곱게 물든 단풍길
눈동자도 물들어
착시현상 눈부시다

억새꽃 나부끼면
산새들 숲속으로 숨어들고
노을 지는 가슴에도
평안이 찾아든다.

목화木花에 얽힌 사연

산비탈 채마밭
노오란 목화꽃
바람에 살랑이면
처녀 가슴 살짝궁 설렌다

가을이 익어갈 때쯤
목화 송이송이 펼쳐
하얀눈 내리듯
밭 전체 하얗게 덮는다

허리춤에 보자기 접어 매고
한줌 한줌 보드라운 솜
한가득 채워지는
손길이 분주하다

씨 아귀 돌려 씨 빼내

솜틀로 이불 크기만큼 짜

비단 이부자리 맞춤

장바늘 춤춘다

포근한 이부자리 완성되면

볼에 연지 곤지

가마 타고 시집가던

새색시 눈가에 이슬 맺힌다

하얀 밤 지새우며

여식들 시집 보내던

할머니 희생 가엽고

눈물로 보낸 세월 애처롭기만 하다.

＊ 목화(木花) : 원산지 인도로 면화(綿花), 초면(草綿)이라고도 불리
　며 한해살이 관목으로 털을 모아 솜을 만들고 열매(씨)는 삭과
　(蒴果)라 하여 기름을 짠다.

가을

가을이 정원까지 찾아들어
미끄럼을 타고 있다

곱게 물든 국화의 향기
울안 가득 맴돌고

지붕 위 떫은 감
속을 붉게 채워가며

정원 잔디 위로
선을 긋는 선홍 가을빛

온통
농익은 가을로 물 들어간다.

감나무 한 그루

마당 끝 감나무 한 그루
청년 꿈 키워
큼지막한 열매로 자라

가을 햇살에
탱글탱글 영글어
노을빛 품었네

빨갛게 익은 홍시
입안 가득 단물 되어
허기진 배 채우고

가지 끝 매달린
아슬아슬 감 하나
까치 마른입 적신다

마당 끝 감나무 한 그루
주렁주렁 보석 매달아
우리 집 부자 되었다.

겨울나무

알록달록 고운 잎새
하나둘 떨어져 나가면
피 흐르고
속살 따뜻한 나무들
벌거벗은 채
바람이 부나
눈이 오나
비가 오나
자연에 순응하며
연둣빛 설렘
싹 틔울 날 기다린다.

행복 여행

영롱한 아침 이슬
태양 빛에 반짝이고
보석 같은 친구
한자리에 모여
웃음꽃 피우니
세상 부러울 것 없네

향긋한 꽃향기
나긋한 목소리
친구와 함께하니
밤하늘 별들도 쉬어가고
바람도 숨죽여 곁에 앉는다

우리만의 행복 여행
잔잔한 감동과 기쁨
황홀한 사랑 되어
가슴속 아름다운
추억으로 쌓여간다.

내 고향 의왕

오봉산자락 고즈넉한 행복
쉴 날 없던 보금자리
조상 대대로 살던 곳
온갖 꽃들이 만발하고
새들 합창 소리
초록 물결 넘실대던
천진난만 개구쟁이 시절
친구들과 뛰어놀던
내 고향 가나무골

남부 화물터미널 개발에
몇 푼 보상으로 쫓겨나
인근 도시 전전긍긍
다시 돌아온 의왕
오봉산자락은 아니어도
모락산자락 뿌리내려

옛 추억 상기하며

가족과 함께 오순도순

행복하게 살아가련다.

* 남부화물터미널 : 1979년 의왕시 이동 일대를 철도청에서 수
  용하여 건설한 컨테이너 화물기지

그리운 어머니

시간이 지날수록
더해가는 그리움

뜰에 핀 장미꽃보다
진한 아련함일까

절절히 맺어지는
고운 서러움일까

길가에 핀 들국화
아린 가슴일까

뜸북새 우는 비 갠 날엔
사무치도록 어머니가 그립습니다.

고향 향수 · 1

오봉산자락
고즈넉한 임산배수 터
안채 사랑채 내려앉아
형제자매 꿈 키우던 곳

멀리 칠보산 능선
낮잠 자듯 길게 누워
일기 근황 알려주고
앞들 눈부시게 햇살 반짝이면

이~랴 어서 가자
밭갈이 나가던 누런 암소
새끼 찾아 해설피 울던
아름다운 내 고향

봄이면
목련, 매화 흐드러지게 피고
산새들 노랫소리 시끌벅적
강아지 꼬리치며 반기던 곳

여름이면
감나무 그늘에 모여앉아
옛이야기 주절이며
오순도순 부채질 정겹던 곳

가을이면
오색단풍 향기 먹으며
마당 가득 추수의 기쁨 쌓이고
붉게 물든 홍시 지천이던 곳

겨울이면

썰매 지치기 흥겹고

백설 뒤덮인 앞산 꿩 날면

따뜻한 햇볕 온기 툇마루에 앉아 졸던 곳

변화의 물결 앞에

다시 만날 수 없으니

가슴에 고향 향수 간직한 채

꿈속에서라도 다시 피어나길 바래본다.

＊ 내 고향 : 경기도 의왕시 이동 오봉산자락 작은마을.

고향 향수 · 2

난 추억의 고향길을 걷는다

흙먼지 풀풀 날리는 신작로
드넓게 펼쳐진 들길
산속 이어지는 오솔길

어릴 적 친구 손 잡고 소풍 가던 길
그늘에 잠시 쉬노라면
불어오는 바람에 고향 향수 고스란히

엄마 품속 같은 포근함
구름 탄 듯 꿈의 세계로 가득 차고
추억의 그림자만이

숱한 사연 짊어진 채
영원히 잊지 못할 고향 땅
머뭇머뭇 눈치만 살핀다

소꿉친구 파란 하늘에 그려봐도
기억 날 듯 말 듯 아련한 얼굴들
마음 깊은 곳 자리 잡고 살아온 내 인생

황혼빛 물들기 전에
아련한 추억 소주 한잔에 가득 채워
바람에 실려 오는 고향 내음 안주 삼아
멋들어지게 한잔해야겠다.

인생길

인생길
마지막 해리문 앞에
노을을 미소로 품는 사람이고

타들어 가는 석양의
마지막 꼬리를 잡아도
넉넉한 행복을 노래하는 사람이고

소나무 뿜어내는
공기만 마셔도 병들지 않는
육신이 건강한 사람이고

솔바람 소리만 들어도
답답한 심사 뻥 뚫리는
생각이 지혜로운 사람으로

남은 인생도
밝은 미소가 떠나지 않는
후회 없는 삶이면 좋겠네.

작대기 인생

작대기 크기는 다르지만
꼭 필요한 존재
항상 곁에 두고 살아야 한다

사람人은 태어날 때부터
작대기 받치고 태어나

걷기 시작하면
작대기 받쳐야 소변보고

산에 오를 때
작대기 짚어야 힘 덜 들고

나이 들어 허리 굽어도
작대기에 의지하며 살아간다

인생은 새옹지마塞翁之馬
길흉화복吉凶禍福 예측 없이
작대기에 의지하며 살아가는 존재 아니던가!

흘러가는 인생

내 옆에 있는 줄 모르고
바람결 따라
흔들흔들 걷다 보니
낙엽 밟히는 소리
귓전에 들려오네

세월의 흐름 감각 없이
저 멀리 아주 멀리
아득히 먼 곳에
존재하는 줄 믿었네

새들 노랫소리 찾아오고
연초록 물결에
꽃 피우고 춤추는 모습
알아주지 못했네

비지땀 흘리며
논밭 갈던 삶의 흔적
굽은 허리춤 사이 강렬한 태양
이글대는 줄 몰랐네

내 가까이 그 자리에
그대로 있으면 좋으련만
인생은 흘러가면 다시 올 수 없으니
내 안에 푸른 향기 가득 품고
살아가야지.

떠밀려 가는 세월

가을 햇살은
산천을 곱게 물들여
피돌기 소름 돋게 하고

세월의 갈피 속에
감탄한 웃음으로
탄성을 자아내게 한다

보듬을 수도 없고 향기도 없는
홍조 띤 뺨들이 부끄럽게
일시에 떨어져 발에 차인다

너의 몸 숨결 자락이
사라진 날 뒤에도
하늘빛은 여전히 곱기만 하구나

세월의 흐름이 아쉬워도

오롯이 은혜로운 사랑으로

생명보다 더 귀한 바람이 되어

늘 빛난 존재로 살아가련다.

제3부

참사랑

할아버지가 좋아
따라나서는 손자
귀찮기도 하지만

싫다 소리 못하고
손잡고 함께 걷는다

"저게 무슨 꽃이야?"
"그건 장미꽃이야!"
"네 얼굴처럼 예쁘구나!"

발아래 곤충을 보면
겁 없이 잡아들고
만지작만지작
– 「참사랑」 부분

세월의 흔적

한 사람이 지구에 걸터앉아
세상을 살피듯 두리번거리다
소리 없이 자리를 떠난다

한 사람의 헤어짐이 아쉬운 듯
바람이 횡하니 스쳐 지나간다

한 사람의 일상이
흔적이 되는 오늘

세월이 내려앉은 백발로
양파껍질 같았던
발자국 소리를 되돌아본다.

세월의 굴레

하늘이 열리던 날
포동포동 윤기 흐르던
빛나던 뽀얀 살결

세월의 흔적
팔자 주름 굴형의 얼굴
볼꼴 사납다

숨 돌릴 참 없이
달려온 인생길
후회는 없다만

언제부턴지
풍채 없는 몸이 되고
쭈글쭈글 바람에 흔들려도

수상한 세월 역습하여

마주하는 아우성으로

너를 눈으로 안고 싶다.

마음은 청춘

청년으로 살아온 심장
메마른 자갈밭에서도
지칠 줄 모르고

가지 뻗어 꽃피우며
웃음으로 살아온 세월

어느덧 바람 불고 눈서리 친
엄동의 몸이 되어

차갑고 매운 겨울바람에
나이든 서글픔이 밀려온다

오한에 몸 가누기조차 힘겨워
밤새 앓는 소리 끊이질 않아도

찬 바람 스쳐 가는 겨울이 지나면
꽃소식과 함께

이십 세 청년으로 돌아가
새 삶을 살아야겠다.

마음의 여유

세월의 갈림길에서
초록의 향연은
멍든 가슴을 치유하고
새 꿈을 꾸게 한다

노자 없는 숲길
짙은 향기로 여유를 선사하며
맑은 샘물 소리에
장단 맞추니 발길 가볍다

다람쥐 앞서거니 뒤서거니
사색에 잠기면
솔바람 입맞춤한다

고단한 일상도
한 번쯤은 쉬어가는 여유로
마음의 피스톤을 재충전하는
영양제가 필요하다.

My House

모락산자락
고즈넉이 내려앉은 섶다리에 걸터앉아
맑은 냇물 가슴 적시고
초롱한 산새들 노랫소리에
얼굴마다 환한 웃음이
사랑의 배달부 되어 손 흔들고
추억 줍는 발길이 여유롭구나
My House!

꿈을 싣고 살아가는 행복 충전소
저녁이면 별들도 모여들어
가슴에 담아 온 이야기 쏟아내고
정다운 이웃 그리운 사람들
기쁨과 슬픔 고루 나누며
한 지붕 아래 오롯이 살아가는
세상 하나밖에 없는 꿈의 궁전
My House!

참사랑

할아버지가 좋아
따라나서는 손자
귀찮기도 하지만

싫다 소리 못하고
손잡고 함께 걷는다

"저게 무슨 꽃이야?"
"그건 장미꽃이야!"
"네 얼굴처럼 예쁘구나!"

발아래 곤충을 보면
겁 없이 잡아들고
만지작만지작

"징그럽지도 않아?"
"더럽게 만지면 어떡해!"
이야기한들 무엇하랴

천방지축 손자 행동에
바람도 휭하니 스쳐 지나가고
우주도 고개를 젓는다

그래도
굴곡진 내 얼굴엔
화한 미소가 감돈다.

행복한 세상

황성 모랭이
당집 하나 오도카니
일 년에 단 한 번 문 여는
유령 같은 집

일 년 농사 풍년 감사
마을 사람들 안녕 평화
내년 농사 대풍기원
신께 제 올리고 음식 나누던 곳

마을마다 한곳씩 있었건만
시대의 변천에
역사 속으로 사라지니
아쉽기만 하구나

잊히고 사라져가는
옛 풍속 기록으로 남기고
보존하는 것이야말로
현대를 설계하는 기본 아닌가

새로운 것 아름다운 것
꿈꾸듯 만들어 내어
편한 세상 살아가련만
옛것이 그리울 때가 있으니

과거 현재 미래가
결합하여 공존하는
나라를 만들어야
행복한 세상 될 텐데.

＊ 황성모랭이 : 경기도 의왕시 이동 상아골마을 끝자락 나지막한
   산언덕(당집이 있던 곳)

행복 전도사

손자 녀석 눈빛이
참 맑다

마주친 눈 맞춤
마음 설레어

행복한 미소
활짝 연 마음

두 팔 벌려
품에 안기는 기쁨

반짝이는 두 눈빛이
아침 햇살보다 맑아진다

집안 가득⋯⋯.

조손祖孫

새소리 물소리 머금고 살아온
할머니 구수한 손길에
새싹 돋아나 푸르게 자라듯이

일곱 살 손자 향기
어쩌면 저리 해맑을까
어쩌면 저리 예쁠까
바라만 봐도 웃음이 난다

너의 향긋한 바람
내게로 불어와 안기고

나의 구수한 바람
네게로 불어가 품으니

조손祖孫은
언제나 하나가 된다.

행복

청량한 가을날
뭇 단풍 울긋불긋
파란 하늘 수 놓으면

불타는 청춘
짝지어 나는 철새처럼
서걱이는 억새꽃 바람에

어여쁜 사랑 인연으로
행복한 삶
끝없이 이어지길 기도한다.

걷기

개천 길 따라 걷다 보면
굴뚝새 푸드덕 숨어들고
이 빠진 억새꽃 도리질하는
초로의 모습 잠긴 실개천 위로
물비늘 반짝이며 속살댄다

돌다리 밟고 지난 수많은 사연
물살을 휘감으며 에돌고 돌아
그림자로 여울져가고
만 보 알람 소리
온몸에 퍼져 건강 샘솟는다

산등성 저 너머 지는 해
노을 붉어지면
큰일이나 한 것처럼
겨울 연가 흥얼이며
사뿐사뿐 발길 재촉한다.

Money

책 갈피 속 숨겨놓은
지폐 한 장
어찌나 반갑던지

떨리는 손 거꾸로
털어 보지만
상기된 얼굴 비릿한 추억

언제 일인지
가뭇가뭇하네
그래도 오늘은 땡잡은 날이야

신과 인간의 이야기
살에 스며드는 햇빛 소리
Money가 최고란다.

얄미운 고라니

새벽을 깨우는
농부의 발자국 소리에
나날이 커가는 농작물

밤새 고라니 혀끝에
만신창이가 되어 울고 있는 너를
애처로워 흙으로 감싸 보지만
숨쉬기조차 힘든다

달빛에 이슬 내리고
사방은 고요한데
고란아! 너는 어찌 잠도 없이
공들인 내 분신을 망쳐 놓느냐

산속 칡넝쿨, 다래 순 마음껏 먹으며
초롱한 눈동자
영원한 은둔처로 살아가면
얼마나 좋을까?

시련

어느 봄날
감꽃 별처럼 반짝이며
초록 열매 수줍더니만

심술 궂은 바람
가지 끝 파란 열매
세월 끌어안고 꿈을 펼쳐 보련만
태풍에 맥없이 무너져 내리고

온갖 풍상 이겨낸 녀석들만
속이 비칠 듯 심금 울리면
속절없이 넘나드는 까치 발소리에
반쪽만 애처롭게 매달려 있다.

제4부

능안골 추억

귓전에 감기는
냇물 소리 한가로이
흘러 흘러
백운호수에 잠긴다

사무치도록 정겹던
능안골 마을
개발 덫에 걸려
사라져 가도

어린 시절
호두 한 움큼 쥐여주던
대고모 할머니
주름진 얼굴 환한 미소
추억 속으로 빠져든다.
– 「능안골 추억」 부분

예사롭지 않은 세상

머리도 마음도 하얀 밤
꽃구름 타고 떠도는
별들도 하얗게 반짝이고
이슥토록 부서져 내리는 달빛도
빛의 신주神主를 모신 듯
이팝나무 꽃향기 하얗고
풀벌레 노랫소리도 하얗게 들려와
어릴 적 기억마저 잊혀 가고
세상이 온통 하얀빛으로
사위어 감이 예사롭지 않구나.

변심한 세상

오랜 세월 지내다 보니
60년 지기 친구 속내가 보이는데
낙심하여 얼룩진 마음
가슴에 먼지처럼 쌓여

한 세상 살아 내는 일이
맨발로 걷는 자갈길 같으니
이제야 인생의 가치를
조금은 알 것 같다

구겨진 종이 곱게 쓰다듬어도
주름진 자국들 그대로 남아
예전 같지 않아도
종이의 기능 살아 있듯이

구겨지고 어긋난 듯해도

내 사람이라 다짐하고 걷는 길에

60년 지기 친구는 돌아오지 않고

속절없는 바람만 불어온다.

난리법석

버려진 쓰레기 더미
파리 떼 날아들어
알 까려 놓으니
애벌레 바글댄다

새 떼 모여들어
씨주머니 가득 채우니
단백질 온몸에 퍼져
하늘이 파랗다

먹을 때는
떼로 몰려 먹어야
맛이 배가 된다나
세상살이 얼기설기

돌고 도는 먹이 사슬에
세상은 온통
죽이고 살리고
난리법석이다.

빌딩 숲에 가려진 세상

가설 울타리 둘러싸인
공사 현장
공사개요 안내판

주상복합 신축 지하 2층 지상 42층
하늘 높은 줄 모르게
솟아오르는 괴물 앞에

고막은 찢어지고
목은 피 토하고
가슴은 먹먹하다

빌딩 숲에 가려진 세상
푸른 산도
밤하늘 별도 없는

복사열 가득한 대지

몸살을 앓다

시름시름 병 들어간다.

예비 후보

건물 벽 나붙은
인물들이 바람에
술렁인다

예비 후보
저마다의 색깔로
민심 얻으려 안간힘 해 보지만

흉흉한 정치 현실에
등 돌리는 유권자들
발길 총총인다

많은 인물 중에
신임받은 자만이
후보로 선정되어

유권자의 선택 받아
헌법기관으로
역할을 할 수 있을 텐데

안타까운 정치 현실에
경제는 파탄 나고
살아감이 고단하여
슬금슬금 피해간다.

위기의 바이러스

상큼한 떨림으로 찾아온 향기
숨기려 해도 봄의 공간은 작아지고
허술한 소식은 새순 돋아날 기미도
붉은 꽃술 피워내던 매화도
입 가려 눈치만 살핀다

가는 곳마다 거리는 표류하고
적막과 혼돈의 불신은 진실을 외면한 채
겹겹이 입을 막고 출구 없는 숫자만 떠돈다

불안과 공포 절망은 깊어만 가고
거리 두기 신규확진자 길 잃은 시간
의료봉사자 마스크 방호복 안간힘에도
떠날 줄 모르는 바이러스
온 세상 생활 패턴을 바꾸어 버렸다

어머니 계신 요양원 창 너머 눈물짓고

웨딩드레스 축하 소리 먼발치에서 바라볼 뿐

사랑의 꽃다발 누구에게 주려나

백일잔치 돌잔치 초대 없고

텅 빈 운동장 아이들 심장 소리 들리지 않네

겹겹이 잠식당한 세포에

사투를 벌이는 공간마다

농도를 가늠치 못한 동행

생사를 넘나드는 고통 무슨 힘으로 버틸까

바이러스 온통 지구촌을 혼란 속으로 휘몰아도

환희의 입소리로 바이러스 물리칠

백신 개발 연구에 총력을 쏟는다.

* 2019년 중국 우한에서 시작된 코로나19 바이러스가 전 세계
  로 퍼져 지구촌이 아우성이다.

코로나야 사라져다오

봄바람에 나뭇가지
물오르는 소리
하얀, 노랑, 분홍 꽃들이

대롱대롱
햇빛을 쏘이며
바람에 흔들리며
향기를 뿜어낸다

세상살이 녹록지 않아도
자연의 흐름은
변함없건만

코로나바이러스
떠날 줄 모르고
주위를 맴돈다

꽃향기 바람에 실려
나비 날게 되어
멀리멀리 날아가거라

네가 가고 싶은
천길만길
다시 올 수 없는 곳으로

제발 제발
마스크 없는 세상
인류를 구할 수 있게
사라져다오.

신종 코로나바이러스

먹지 않아야 할 것을
보양이라 분별없이 먹으니
산 짐승 몸에 숨겨진
악성 바이러스 폐를 파고들어
칠흑 같은 얼굴로
지구촌을 떠돈다

천 리 밖에서 풍겨오는
사람 냄새조차 역겨워
손잡아 악수 나눌 수 없고
얼굴 마주할 수 없으니
이 고통 어찌 감내하리오

밤낮없이 불어오는
입춘 꽃소식 바람 타고
그가 별수 없이 소멸하길
간절히 기도한다.

능안골 추억

지금도
호두알 두 개
손에 쥐고
비벼대면 생각나는

할머니 손 잡고
산 넘고 물 건너
새소리 발맞춰
총총걸음
대고모 할머니 댁 가던 길

다람쥐 앞서거니 뒤서거니
옥잠꽃 짙은 향기
코끝에 머물면
대고모 할머니
마중 나와 반기고

엄마 찾는
송아지 울음소리에
두 귀 쫑긋
젖 내어 주던 어미 소
새끼 엉덩이 핥는다

소쩍새 우는 밤
산등성에 걸터앉은 보름달
광채 뿜어
마음 밝히고

귓전에 감기는
냇물 소리 한가로이
흘러 흘러
백운호수에 잠긴다

사무치도록 정겹던

능안골 마을

개발 덫에 걸려

사라져 가도

어린 시절

호두 한 움큼 쥐여주던

대고모 할머니

주름진 얼굴 환한 미소

추억 속으로 빠져든다.

＊ 능안골 : 의왕시 내손동 백운호수 서편 산골(안골) 마을

베트남 푸꾸옥 여행

저 멀리 수평선에
아스라이 떠도는 배
하늘과 맞닿아
한가롭기만 하구나

석양 노을빛에
곱게 물든 은빛 바다
천연덕스레 밀려와
백사장 핥고 흩어지고

수영복 나신들
여유롭게 백사장 거닐며
밀어를 속삭일 때
제트스키 윙윙 물을 가른다

베트남 푸꾸옥 해변
밤하늘 떠도는 별들도
바다 향기에 취해
야자수에 걸터앉아 쉬어가고

뭇별은 내 가슴 파고들어
또 하나의 별이 되어
인생의 한 페이지 행복한 여정으로
내 기억장치에 입력된다.

* 베트남 푸꾸옥 가족여행(2019. 12. 25~30)

낭만도시 베트남 '달랏' 여행

파란 도화지에
뭉게구름 끝없이 펼쳐진
고산지대 구름 위 정원
예쁜 꽃들이 환한 미소로 반기는
베트남 '달랏' 낭만 여행 떠난다

여인의 혼이 살아 숨 쉬는
자수박물관 '슈콴'
바늘 끝에 살아나는 섬세함이
실물과 똑같아 착각에 빠져들고

맑은 공기 행복 웃음 가득 '프레공원'
아름다운 꽃과 장식물의 조화
꽃구름 타고 내려온 신선
사랑 계곡 꽃물 들여놓고

동화 속 기차여행 '달랏기차역'
추억 가득 싣고 기적소리 울리며
철그덕 철그덕 미끄러져 간다

선녀들의 비밀 호수 '다딴라 폭포'
선녀들 목욕 나신 훔치려
롤러코스터 타고 달리는 짜릿함
울창한 자연의 물소리 가슴이 시원하다

청동종 소원 종이 붙이면
소원 이룬다는 화려한 '린푸옥 사원'
유리와 도자기 조각으로 건물과 조형물 세우고
수만 송이 국화꽃 관세음보살상
두 손 합장하고 지그시 눈을 감는다

햇살 가득한 '쑤언흐엉호수'
'달랏' 바람이 머무는 언덕 위
커피 한 잔의 여유 행복에 젖고
강태공 세월을 낚는다

소수민족 기허 부족이 살던 '꾸란 마을 민속촌'
인간 목각들 성기 드러낸 채
익살스런 표정으로 다가오고
넓은 잔디광장 오리 떼 뒤뚱뒤뚱 한가롭다

케이블카 타고 오르는 '죽림 사원'
'투엔람'호수와 '달랏'의 전경 한눈에 담고
봄 향기 물씬 풍기는 꽃들을 보며
지친 마음 아름답게 물들여
풍황산 신선한 바람
근심 걱정 모두 안고 떠난다

해발 1970m 지프 투어
'랑비엔' 고산지대
소나무 자연풍광이
구름 위에 떠 있는 듯하다

건축가 '당비엣 응아이'의 상상력 결집체
미로 속 '항웅아크레지 하우스'
짜임새 있는 객실 아트 갤러리
하룻밤 여유 풋사랑 꿈이 되고

하얀 차꽃 눈부시게 피어나
살랑 바람에 빨갛게 익어
코끝에 묻어나면 '메린커피농장'
사향고양이 커피 똥 싼다
내린 커피 부드러움 입안 가득
코끼리 똥 커피가 최고란다

'써니 팜 천국의 계단'

하늘 구름과 함께 천국 여행

파란 하늘 하얀 구름 자연이 살아 숨 쉬는

꽃길 힐링여행 행복 가득 차오른다.

지구 온난화

깊은 잠에 빠져
세상살이 잊고 살아야
새봄에 꽃 피울 텐데

지구 온난화로
눈 볼 수 없고
칼바람 맞을 수 없으니

속절없는 세월 앞에
숨 고를 틈 없이
꽃은 피고
개구리 눈뜬다.

추억 여행

나 어릴 적
할머니 손 잡고
능안골 가던 길
오매기골 뒷산
재 넘고 넘어
한나절 만에 도착한
인적 드문 산골 마을
옥잠 꽃 피어
향기 가득하고
호두열매 조롱조롱
다람쥐 가족회의
아름답던 추억은
조각된 빌라촌 들어서
옛 모습 찾아볼 수 없고
메마른 바람만
스쳐 지나간다.

건지산의 기운

건지산 아랫마을
모시풀 껍질 벗겨
실로 다시 태어나던
여인의 손길 숨 쉬던 곳

건지산 맑은 물로 빚은
한산 소곡주 진한 향기
목젖에 빨려들어
나그네 쉬어가던 곳

한산인의 삶이 되고
친구가 되고 위안이 되었던
백제 부흥 운동의 발상지
한산 문화가 싹터
포근한 어머니 품속 같은 산

고즈넉한 산길 따라

정상에 서면

살랑살랑 꽃향기 바람 타고

다소곳한 한산면 풍광이

옛 모습 되어 눈에 들어온다

봉서사 작은 우물 하나

맑은 약수 원기충전

사색에 잠겨 걷다보면

명문장 '이색'을 비롯한

선비들의 기상과 덕목이 느껴진다.

＊ 건지산(乾芝山) : 충남 서천에 있는 해발 170m의 아담한 산
＊ 이색 : 아호는 목은(1328~1396)으로 가정 이곡의 아들이며 한
　　산이씨 문중의 대표적인 학자로 고려 말기의 충신으로 알려져
　　있다.

제5부

산악인의 행복

꽃구름 향기 풍기는
나뭇잎 사이로
오고 간 흔적 없이
하늘은 파란 물 드리우고

아침 이슬 영롱이는
고요한 측은지심
날개 단 천사들
혜안으로 트이고

고귀한 삶의 향기
아름답고 순수한
행복의 메아리 되어
백두대간 산길을 걷는다.
－「산악인의 행복」부분

서천 신성리 갈대숲 사연

보릿고개 시절
갈뿌리로 허기 때우고
갈대 물 적셔 두드려
방석 바구니 생활용품 거듭나고

갈 풀잎 이엉 엮어
황금빛 지붕
황토 반죽 벽에 붙여
갈 자리 깔아 초가삼간 집 짓고
맛난 깔대 꽃게장에 밥 지어
자식 키워 행복 나누고

일렁이는 금강물에
아침 햇살 드리우면
갈비 만들어 장마당에 내다 팔아
살림 밑천 늘려가던 모습 오간 데 없고

익산시 용포, 한산면 신성리 오가던
곰개나룻배는 멈춰서고
금강하굿둑 축조에
밀물과 바닷물 교차함이 녹록지 않아

염도 떨어진 갈대숲엔
힘센 물억새가 자리 잡아
갈대 설 자리 점점 줄어가고
초췌한 갈대 바람에 흐느껴도

서걱이는 신성리 갈대숲에
물새 소리 적막을 깨고
처녀 총각 "나 잡아봐라" 잊지 못할 추억
한줄기 메아리 되어 귓전에 맴돈다.

＊ 신성리 갈대밭 : 충남 서천군 한산면 신성리 125-1번지 일원
   금강하구에 있는 갈대숲

갈대숲 낭만 여행

금강하구에 펼쳐진
신성리 갈대숲
여울진 햇살에 반짝일 때
달팽이 등껍질처럼 빙글빙글 이어진
갈대숲 걷다보면

금강의 수평선과 갈대의 지평선이 맞닿아
아득한 저 너머 모든 세상이
갈대숲일 것만 같은 착각에 빠져
갈대로 가득한 미로에 덩그러니 서서
삶의 고단함 잊고 숲 매력에 젖어든다

발길 닿는 곳마다 각기 다른 장르
바람에 사각사각 부딪는 소리
여인의 순정 같은 포근함이
마음을 평온하게 한다

금강하굿둑 만들어져
서해 바닷물 사라지니
홀로 남은 강물 머금고 자란 갈대
가늘고 허약하여 창백하지만
온종일 하얀 손 흔들어 반기고

소슬한 강바람에 너울너울
때로는 은빛으로
때로는 금빛으로 어우러져
드라마 같은 장관을 연출한다.

갈대

넘실대는 갈대
귓가를 간질이는 바람 맞으며
하늘에 맞닿을 듯
허리춤에서 손에 잡힐 듯
저 멀리 반짝이는
금강물과 어우러져 평화롭다

갈대 줄기 곱씹으면
달콤한 맛이 입안 가득 차올라
고즈넉한 지평선에 퍼져
금강의 물비늘 따라 반짝인다

사색에 빠져 갈대숲 걷다보면
푸른 하늘 금강의 물결
흔들리는 갈대에 부대끼어
삶의 가치를 느낀다

갈대를 가로지르는 다리를 건너
철새 소릿길에 들어서면
청둥오리, 고니, 기러기, 괭이갈매기
놀이터가 되고

계절이 바뀔 때마다
하얗게 부서진 갈대 사이
새순을 내는 봄 갈대

폭풍전야의 여름 갈대
풍요로운 가을 갈대
꽃을 다 날려 초연함이 느껴지는
겨울 갈대

아직 만나지 못한
몇몇 계절의 숲이 궁금해질 때
애인과 함께 찾아와
갈대의 풋풋한 사랑을 느껴봐야겠다.

한산 소곡주

건지산자락 맑은 물
비옥한 땅에서 자란
통밀로 만든 누룩에
쌀가루에 물 섞어 밑술되고

찹쌀 고두밥에 밑술 섞어
덧술 만들어지면

메주콩, 엿기름, 국화, 생강 등
집집마다 다양한 재료 섞어
서늘한 곳 100일 숙성
전통 소곡주가 탄생한다

달착지근한 감칠맛에
과거 시험 한양 가던 유생
소곡주에 취해 일어서지 못하니
일명 앉은뱅이 술이라

혀끝을 맴도는 부드러움에 매료되어

몇 순배 들고나니

양귀비가 찾아온 듯

기분이 샤방샤방 하구나.

＊ 한산소곡주 : 우리나라 최초의 술이며 한산 전통주로 대중의
　 사랑을 받고 있다.

한산 모시관에 핀 꽃

하늘하늘 빛고운 모시
올이 가늘어 바람이
자유로이 소통하니
속살이 보일 듯 말 듯
투명한 잠자리 날개 같구나

곱게 물든 은은한 색깔
비에 흠뻑 젖은 황진이
모시옷 매무새에
아름다움 배가 되었다던데

전설 만큼이나
한산 모시관에 핀 꽃은
너무나 곱고 황홀해
가슴마저 아려 오는구나

천오백 년 역사

한산 처녀 모시 훑듯

모시의 전통 이어갈

명인들 많이 배출되길 바래본다.

＊ 한산 모시관 : 충남 서천군 한산면 충정로 1089 한산모시를 처
음 생산했던 건지산 기슭에 모시각, 전통공방, 한산모시 전시
관, 토속관 등이 있다.

모시 인생

오물오물 모시실 주워 물고
동네 아낙들 사이 비집고
기어 다니던 젖먹이 소녀
학교에 입학하던 해부터
모시 손에 잡았다

바짝 마른 모시 하얀 속껍질
입으로 가늘게 쪼개
침 발라 문지르고
무릎 닳도록 이어붙여
참빗처럼 촘촘한 베틀에 끼워
한올 한올 엮어 짜니
모시 한 필이 완성된다

지난 한 세월 모시 짜기의 길
자식 입에 풀칠해야 하는 모성애
새하얗다 못해 눈이 부신 모시의 색깔은
한산 여인들의
눈물과 땀이 만들어 낸 순결이어라.

문헌서원

가정 이곡 선생
목은 이색 선생의
학문적 업적을 기리고
덕행을 추모하기 위해 만든
문헌서원은
위패 모신 사우 효정사
목은 이색 선생 영당
유생들 토론하던 진수당
넋을 기린 신도비가 있다

공녀제를 폐지한 이곡
고려를 사랑한 충신 이색
한산인의 자부심으로
세월이 흘러도
배롱나무에 꽃 피고

하늘빛 푸르러

충절의 가르침 영원하다.

* 문헌서원 : 고려말 충신인 가정 이곡(1298~1351), 목은 이색
  (1328~1396) 선생의 학문적 업적과 덕목을 추모하기 위해 세
  운 서원으로 충남 서천군 기산면 서원로172번길 66에 위치하
  고 있다.

장항 스카이워크

소나무와 같이 걷는
송림 스카이워크
곰솔 향기
하늘을 짙게 물들인다

소나무 키와 사람 키가 같아
함께 가며
세상 사는 이야기
조롱조롱 꽃 피운다

하늘에서 내려다보는 바다
은빛으로 반짝이며
하얀 포말 만들어
백사장 핥고 사라진다

바다 곁을 걷는 사람들

스카이워크 올려 보며

손 흔들어 반기고

하늘길 함성으로 화답한다

석양에 곱게 물든 바다

물결이 잔잔해 오면

송림 산림욕장 빽빽한 소나무들도

하루의 고단함 잊고 단잠을 청한다.

＊ 장항 스카이워크 : 충남 서천군 장항읍 장항산단로34번길 74-
  45(송림리 774-1)에 위치한 송림과 함께 걸을 수 있는 하늘길.

산악인의 행복

초여름 산길
푸르른 그리움과
싱그러운 꿈이 만나는
무성한 숲길에서

꽃구름 향기 풍기는
나뭇잎 사이로
오고 간 흔적 없이
하늘은 파란 물 드리우고

아침 이슬 영롱이는
고요한 측은지심
날개 단 천사들
혜안으로 트이고

고귀한 삶의 향기
아름답고 순수한
행복의 메아리 되어
백두대간 산길을 걷는다.

월악산 희망 메시지

월악산 만수봉을 향해
숨을 몰아쉬며 가파른 산등
조심스레 한발 한발 내딛는다

곱게 물들었던 단풍
낙엽 되어 쌓이고
까마귀 까악 까악
하늘을 맴돈다

소나무 바위 곁에 앉아
가슴과 가슴을 나누면
하늘은 정다운 태양 빛을 쏜다

언제나 굳건히 자리 지켜
비바람 눈보라에도
불멸의 꿈을 꾸며
그대 오기만을 별을 세며 기다리는 산

우리에게 희망 메시지를 보낸다

인내와 끈기로

선량한 꿈을 가꾸어 가라고…….

아름다운 덕산계곡

힘찬 물소리 지축을 흔들고
매미의 서라운드 합창
귀청을 파고들어 뇌를 자극한다

위 용소, 아래 용소
푸른 물 한없이 맴돌아
용이 승천할 기세로다

징검다리 건너 건너
산길 푸르름을 더해
풋풋한 산 향기 코끝에 머물고

시원한 물속 뛰어든 사람들
물놀이 삼매경에
시간 가는 줄 모른다

산 사이로 쏟아져 내리는 햇살에

가슴은 황홀해지고

산악인의 눈빛과 입담

향기 풍기는 계곡물에 스며들어

한 페이지 아름다운 추억으로 쌓이네.

＊ 전북 장수 장안산 덕산계곡

광주 무등산 봄소식

겨울잠에서 깨어난
무등산자락 초록으로 물들고
중턱까지 차오른 꽃소식
입석대에 멈춰서니
주상절리 옹기종기 수다 떨며
해바라기 하네

꽃샘바람
산악인들 마주하니
웃음이 절로 난다
정 나눈 차 한 잔
건강 넘쳐나고
얼굴색 화사하게 빛난다

세월은 흘러도

자연의 조화는 변함없으니

무등산 오른

우리네 마음

오늘도 청춘 아니겠는가.

강릉 제왕산 이야기

숲 향내에 취해
괜스레 돌던 바람
양지바른 곳 앉아
겨우내 얼어붙은
산길 녹여 질퍽인다

큰나무 작은 나무
꽃망울 살찌워
따사로운 햇살에
꽃 피울 날 기다린다

흘러내린 구수한 입담은
간간이 새들도 지저귀게 하고
세월은 바위에
이끼 되어 앉았다

바람길 따라 오른 제왕산

저 멀리 동해바다

봄기운이 밀려오는지

불끈불끈 힘이 솟아오른다.

능강계곡 아리아

세상의 푸른빛이 온통
빗줄기로 쏟아붓던 날이 개이고
바람과 물이 빚어낸 아리아

능강계곡 얼음골에도
아름다운 아리아의 선율이
마음을 사로잡는다

자연이 빚어낸 장단에
감각의 끈을 놓지 못하고
흐르는 물줄기에 몸을 맡기면

귀에 감기는 계곡 물소리
작고 아름다운 내 마음의 향이
뭇 가슴을 울리는
아릿한 떨림으로 젖어 든다.

내 고향 의왕에서 행복하게 살으리랏다

- 이필정 시인 열 번째 시집 은밀한 비유의 고장을 찾아 -

장 희 구(張喜久)

수필가 · 소설가 · 시인 · 문학평론가 // 문학박사
문학신문 주필 · 현대문학사조 주간 신인상심사위원장
(사)한국한문교육연구원 이사장 · 한국한자급수검정회장

Ⅰ. 서문(序文) : 서정성 넘친 시문을 평설하면서

이필정 시인은 완숙된 시작품을 차곡차곡 모아 작품
집 10집을 출간한다. 시 작품을 꼼꼼하게 읽어 보면 쉽
게 쓰려고 피를 말리는 고뇌로 비틀고 조이는 작품성을
그림으로 그리듯이 나타냈다. 이필정 시인은 창의성이
철철 넘쳐서 다른 시인의 작품을 행여 한 줄, 한 마디 시
어(詩語)일망정 모방(模倣)하려는 작품 욕심이 전혀 보이지
않는 순수성을 담아 시집으로 낼 수 있는 쾌거를 일구었
다. 시인이 담아내려고 했던 창의성이나 순수성을 작품
해설에 심어 보려는 공을 들여서 노력했다. 지면 관계상
70편의 작품 중에서 10편을 가려 뽑아 평설로 상재(上梓)
하려는 계획을 달성하는 데는 성공했다. 그러나 이를 어

쩌나? 이 작품을 보면 아깝고, 저 작품을 손에 쥐면 차마 놓치기가 무서웠으니 이를 손에 들고 조몰락거리기를 몇 시간씩 걸려가면서 시간을 보냈다. 깊은 고민 시름 타령을 어찌 마다했으랴?

【제1장에는 「길을 물어라(1-1) / 꽃물결(1-14) 2편」, // 제2장에는 「목화(木花)에 얽힌 사연(2-1) / 그리운 어머니(2-7) 2편 / 내 고향 의왕(2-8) 3편」, // 제3장에는 「My House(3-5) / 참사랑(3-6) 2편」, // 제4장에는 「위기의 바이러스(4-8) / 코로나야 사라져다오(4-9) 2편」, // 제5장으로 평설자가 선택한 작품으로 「한산 소곡주(5-4) 1편」】을 선정하면서 연관성을 찾아가면서 시평으로 상재했다. 서사적인 시적인 감각(詩感)을 서정성으로 일굴 수 있다는 참다운 달인의 모습이 보이지는 않을까 우려 섞인 마음으로 담아 보이려고 했다.

이필정 시인의 시적인 돌다리는 이제 튼튼해졌다. 문학의 장르 중에 운문(韻文)의 고개라고 하는 자유시는 완숙(完熟)의 산등성에 이르렀다고 생각된다. 평자는 시인의 작품 「참사랑」을 읽으면서 얼마나 감동했는지 모른다. 첫째는 손자에게도 자유시를 가르치는가 하면, 동시나 동시조를 가르치며, 동화를 가르치는 길을 모색하여 후진을 위해 문학의 열정을 불태우십사 하는 마음을 담았으면 어떨까 하는 생각을 했다. 둘째는 이필정 시인은 이제 산문(散文)에 눈을 떠야 할 시점에 왔다고 보았다. 산문의 처음은 누가 뭐래도 붓 가는 대로 쓴다고 하는 수필(隨筆)이 으뜸이다. 셋째는 문학의 완숙은 소설에 있다. 소설은 아주 짧은 콩트부터 시작하여 '단편↔중편↔장편↔대하소설' 등이 있겠지만 손자를 두고 썼던 「참사랑」이라는 운문 중간에 약간의 해설만 곁들이면 영락없는 콩트가 되겠다는 생각이 울컥 들었다. 거기에는 손자의 엄마가 등장하거나, 할머니가 옵서버(조연 격)로 등장하면서, 할아버지에 대한 덕담(德談) 몇 토막을 가볍게 늘어놓는다면 영락없는 동화가 되고 동시가 될 수 있겠다는 점을 골똘하게 생각했다. 어느 점 글자 수와 음률만 맞게 덮어씌워 드린다면 아동문학이란 기초가 튼튼하게 자리 잡을 수 있을 것이라는 자신만만한 생각을 하게 된다. 아니다. 자신만만함을 세울 수 있겠다는 점을 신중하게 생각해 볼 일이다. 이런 점을 생각하면서 이제 남이 못하는 창작의 끈을 놓지 말고 새롭게 작품을 써 간다면 '노벨상이라는 유토피아' 같은 퓨전 문학을 곁들인 이런 예시 안을 길잡이로 다잡아 슬그머니 놓아 드린다.

Ⅱ. 내 고향 '의왕'에서 행복하게 살으리랏다

1. 험난한 인생길도 꽃길로 변하리니

인생길 걷다 보면
꽃길도, 고행길도
순탄 길도 있다지만
어느 길을 선택해야 할지

세상에 태어나
울음 터트리는 날부터
주저 말고 길을 물어라

아플 때나 기쁠 때나
슬플 때나
길을 묻다 보면

험난한 인생길도
꽃길로 변해
아름다운 인생길 되어 주리니.
— 이필정 「길을 물어라」 전문

세상을 살다 보면 수많은 희비(喜悲)가 갈리면서 사는 경우가 참 많았다. 웃을 때가 있는가 하면 울 때도 있다. 꽃길이 있는가 하면, 가시밭길도 있다. 쉽게 결정을 내리는 경우가 있는가 하면 그렇지 못한 경우도 종종 있다.

이렇게 결정을 내릴 수가 없을 경우 심한 고민에 빠진다. 이를 두고 사람들은 인생의 쌍곡선을 완만하게 그리면서 가파른 길을 걷는다고 한다. 성공이라는 완만한 길을 걷는가 하면, 실패라는 험한 길을 걸을 때도 있어서 고민에 빠질 때가 있다.

시인은 여러 길목에서 터덕거리는 험로를 엄중하게 묻는다. 어려운 인생길을 걷다 보면, 꽃길도 있고 가시밭길과 같은 고행이라는 길도 있다면서. 그래서 순탄한 길도 있다지만 험로도 있어 이제 어느 길을 선택해야 할지 갈피를 잡을 수가 없다는 갈림길에 서서 더 많은 고민에 빠진다. '세상에 태어나 / 울음 터트리는 날부터 / 주저 말고 길을 물어라'라며 그 자신에게 준엄한 가르침을 되묻는다. 여기에서 잘 되면 꽃길이 되겠지만, 잘못되면 가시밭길이 될 수 있으리니 그 물음은 준엄할 수밖에 없다. 그 물음은 인생의 튼튼한 좌표가 될 수도 있으리라.

화자는 냉정한 대답을 찾기 위해 진지함의 선상에서 수많은 고민을 하게 된다. '아플 때나 기쁠 때나, 슬플 때나' 온갖 지혜를 다 짜내가면서 바른길을 묻다 보면 험난하기만 했던 인생길도 꽃길로 인도될 수 있다는 믿음을 굳힌다. 아니다. 반드시 그렇게 아름다운 인생길로 인도되어 찾아올 것이라는 굳은 믿음은 긍정적일 수밖에 없다. 이를 두고 철학자들은 긍정적인 사고방식과 부정적인 사고방식에서 어떻게 사는 것이 진정으로 바른 물음이란 대답이 나온다. 쉬운 결정을 내릴 때는 꽃길이 되고, 어려운 고민에 빠질 때는 가시밭길이 될 수도 있기 때문이다.

2. 정성으로 가꾼 세월 품에 안긴 보람 찾아

추억담은 울타리
노란 장미 빨강 장미
얼싸안고 일렁이니

행인 발길 멈춰 세워
"예쁘다 예뻐" 감탄사
석룻빛 노을 쉬어가고

인동초 꽃향기에 취해
어질어질 현기증
넋 나간 피안 되니

정성으로 가꾼 세월
보람으로 찾아들어
온통 꽃물결로 흥건하다.
— 이필정 「꽃물결」 전문

꽃이 한창 피어오른 봄을 상징하면서도 청춘을 노래했겠다. 유채꽃이 만발한 제주도를 찾아가면 꽃물결을

이루어 가히 탄성을 자아낸다. '꽃 중의 꽃'을 장미라 하여 흔히 5월 장미라고들 소곤거린다. 낭창낭창한 꽃말에 취한 가객들의 시 한 수는 수많은 시상을 다듬어 놓기에 충실했다. '열렬한 사랑·질투·순결'까지 꽃물결이란 사랑을 노래하지 않는 사람들이 자못 적지만은 않았다. 노란 장미, 빨간 장미를 입에 올리지 않는 사람의 낯선 사투리가 분위기에 썩 어울림직하다.

시인은 꽃물결이 출렁대면서 추억을 한 줌 담아낸 울타리에 치렁치렁 감기어 출렁이는 장미를 울컥 떠올리고 있다. 갖가지 색깔을 띠면서 제 모습을 자랑하는 장미를 상상해 보고 있을지도 모른다. 시인의 집안 울타리는 '노란 장미, 빨강 장미 / 얼싸안고 일렁였으니'라고 했으니 그 옛날의 장미 지금의 눈에 펼쳐진 장미를 신이 내린 하늘의 꽃이란 상상을 했으리라는 짐작이 가는 대목이다. 꽃물결이 담장을 스치어 지난 행인 발길 잠시 멈추어 세워 "예쁘다, 예뻐"라는 감탄사를 연발하게 했으리라. 석룻빛 노을까지도 잠시 쉬면서 고운 빛을 가득 담고서…

화자의 탄성은 행인의 발길을 멈추는 마술을 부리지만은 않도록 비유한다. 꽃물결을 인동초[1]에 비유하면서

---

1) 인동(忍冬)은 잎이나 꽃에 Luteolin이나 Inositol 같은 성분이 함유되어 있어 약용으로 이용되기도 하지만, 반 상록성인 덩굴성 (줄기가 오른쪽으로 감아 올라감)으로 잎 모양이 좋고 6~7월에 백색으로 피는(완전히 핀 후 노란색으로 됨) 꽃 모양이 아름다울 뿐만 아

'꽃향기에 취해 / 어질어질 현기증 / 넋 나간 피안(彼岸)이 되었다'면서 최고의 비유법을 쓰고 있음을 알 수 있다. 시인은 화자의 입을 빌려 온갖 정성을 담아 가꾼 세월이 란 '보람으로 찾아들어 / 온통 꽃물결로 흥건하다'는 상상의 날개를 곱게 펴고 있어 더욱 정겹다. 그 옛날 담장의 꽃물결을 지금의 꽃물결로 치환시키려는 비유적인 상상력은 달인을 연상하게 한다. 이와 같은 꽃물결을 우리 민족의 상징이나 되는 듯이 인동초(忍冬草)로 치환했다.

3. 눈물로 보낸 세월 저리 차마 애처롭고

산비탈 채마밭
노오란 목화꽃
바람에 살랑이면
처녀 가슴 살짝궁 설렌다

가을이 익어갈 때쯤
목화 송이송이 펼쳐

니라, 9~10월에 검은색으로 익는 열매도 보기가 좋아 울타리나 정원, 화단용 등 관상용으로 적합하다. 인동에 속하는 식물은 우리나라, 중국, 일본 등 전 세계적으로 약 180종이 분포하고 있는데, 우리나라에는 함경북도를 제외한 남북한 전 지역에 자생한다. 유사 종은 가지가 작고 잎에 털이 달린 '털인동'과 꽃잎 바깥쪽에 옅은 홍색을 띠는 '잔털인동'이 있다. 화자는 담장에 걸쳐 피는 장미 꽃물결을 '과거지향→현재지향→미래지향' 형이란 숨 고르기로 그려냈다.

하얀 눈 내리듯
밭 전체 하얗게 덮는다

허리춤에 보자기 접어 매고
한 줌 한 줌 보드라운 솜
한가득 채워지는
손길이 분주하다

씨 아귀 돌려 씨 빼내
솜틀로 이불 크기만큼 짜
비단 이부자리 맞춤
장바늘 춤춘다

포근한 이부자리 완성되면
볼에 연지 곤지
가마 타고 시집가던
새색시 눈가에 이슬 맺힌다

하얀 밤 지새우며
여식들 시집 보내던
할머니 희생 가엽고
눈물로 보낸 세월 애처롭기만 하다.
— 이필정 「목화(木花)에 얽힌 사연」 전문

　　목화에 얽힌 시를 읽다 보니 작자 미상의 다음과 같은
「처가(妻家)의 오월 채마밭」 시 한 수가 떠오른다. '꽃밭이
부럽지 않은 오월의 채마밭 / 두어 고랑에 심어진 채소

들! / 올해 봄, 때아닌 솟구친 몸값으로 / 금파가 된 대파를 비롯 / 감자, 쑥갓, 상추, 도라지, 정구지가 / 채마밭을 풍성하게 한다 / 먹거리도 빼놓을 수 없지만 / 결코 화려하지 않은 수더분한 모습에 / 마음이 더 이끌리고, / 길가의 온갖 봄꽃에 식상해진 눈길을 / 툭툭 건드린다'는 소박한 시 한 수일 뿐 시적인 상상력은 별로 없어 보이지만, 소박한 우리들의 입안을 즐겁게 한다.

　시인은 산비탈과 채마밭을 걸으면서 노란 목화(木花)[2] 꽃밭에 아련하게 바람에 살랑이면 처녀 가슴이 살짝궁 설렌다는 들어가는 구절인 기구(起句)가 범상해 보이지 않는다. 이렇게 가꾼 목화송이가 가을쯤 되면 점차 무르익어간다는 소박한 시상의 정겨움이 토닥거리면서 일어난다. 딸들 시집보내라고 '목화 송이송이 펼쳐 / 하얀 눈 내리듯 / 밭 전체 하얗게 덮는다'는 화자는 시인의 심정으로 돌아가 허리춤엔 보자기 접어 매고 한 줌 한 줌 보드라운 솜이 되어 한가득 채워지는 그 손길이 분주하다. 어찌 그리 도탑겠는가를 되묻지 않을 수 없어 보인다.

　화자는 비단 이부자리를 만드는 공정(工程)에 몰입하는

---

2) 목화(木花) : 원산지 인도로 면화(綿花), 초면(草綿)이라고도 불리며 한해살이 관목으로 털을 모아 솜을 만들고 열매(씨)는 삭과(蒴果)라 하여 기름을 짜는 데 쓰인다. 시인은 목화의 '한해살이'라는 어릴 적에 보아왔던 추억을 아련하게 떠올리며 곱게 기른 딸을 시집보내는 여인네의 속내를 꼬박꼬박 다듬었다.

손 바쁜 세정을 만나게 된다. '씨 아귀 돌려 씨 빼내 / 솜틀로 이불 크기만큼 짜 / 비단 이부자리 맞춤 / 장바늘[3] 춤춘다'는 넉넉한 가을의 풍성함을 맛보도록 한다. 이렇게 포근한 이부자리가 완성되면 볼에는 연지 곤지를 찍고 꽃가마를 타고 시집가던 새색시 눈가에는 벌써 이슬이 맺힌다는 고운 시상이 행복하게만 보이는 시상이 더없이 곱게 보였으니 상상으로 떠올렸다. 객관적인 행위자는 시인의 누나였겠지만, 시집가는 주체는 한국의 아가씨였다면서 분명하게 알리기 위해 혼자 중얼거린다. 이제는 딸 시집보내서 '하얀 밤 지새우며 / 여식들 시집보내던 / 할머니 희생 가엽고 / 눈물로 보낸 세월 애처롭기만 하다'는 여정의 한 바퀴를 빙 되돌아서 나온다.

4. 모정(母情)의 긴 세월! 어떻게 참아냈을까

시간이 지날수록
더해가는 그리움

뜰에 핀 장미꽃보다

---

3) 장바늘(긴 바늘) : 단바늘(짧은 바늘)에 상대가 여인네들 전용으로 쓰이는데, 이불을 줍는 데 쓰인다. 바늘과 실과 비즈로 엮은 비즈 스티츠 전용 바늘을 말한다. 시인은 그 옛날 어머니가 딸(시인에겐 누나임) 시집보내기 위해 이불을 땀질하면서 쓰였던 도구를 토종어 그대로 인용하면서 쓰인 모습을 보인 용어다.

진한 아련함일까

절절히 맺어지는
고운 서러움일까

길가에 핀 들국화
아린 가슴일까

뜸북새 우는 비 갠 날엔
사무치도록 어머니가 그립습니다.
― 이필정 「그리운 어머니」 전문

　　손준혁[4] 시인의 「모정의 강」 시가 가슴을 파고들어 아
려온다. '어머니 당신을 사랑합니다 / 당신이 계신 곳은
따뜻한 / 난로입니다 / 살아생전 느껴보지 못한 / 그 따
뜻함을 이제 후회의 눈물로 / 대신해봅니다 / 모진 세월
속에 찢어진 가난 속에 / 굽은 허리는 세월의 허무함만
을 / 말했죠 / 어머니 당신이 말하던 그 말 / 어머니 당
신이 말하던 시간 / 어머니 당신이 말하던 추억 / 이제는
돌아갈 수 없는 추억이고 / 아련한 사진 한 장입니다 /
비가 오는 날이면 어머님이 / 사무치게 그립습니다'라고

---

4) 손준혁(1984년 1월 27일 ~)은 음악 그룹 'M To M'에 속해 있는 가
　수로, 소속사는 뮤니트 엔터테인먼트이며, 대표로 있다. 앨범은
　「사랑한다 말해줘」 외 3집이 있다. 37세로 문화와 예술 분야에
　일할 나이다.

촘촘하게 엮어서 취사(取捨)의 그리움으로 승화시켰다.

시인은 자잘한 시정은 생략하고 뼈대만 간추렸으니, A는 B를 떠받들고, B는 C를 뒤로 감추는 오묘함의 시상이 전면에서 넘쳐흐른다. 이런 시상으로 작품을 일궈낸 시인은 '시간이 지날수록 / 더해가는 그리움'을 떠올리면서 앞마당과 뒤뜰에 핀 장미꽃보다 진한 아련함은 아닐까 하는 마음을 담아 혼잣말로 구기면서 삼킨다. 일과성 기침 삼아 크게 해댔지만 절절하게 맺어지는 그리움을 함박꽃 속으로 은근하도록 깊숙하게 감추었으니 곱디고운 서러움은 아닐까 되묻는다. 그리운 어머니의 따스한 품 안은 아닐까 하는 은근한 기대심리까지 간직하면서…

화자가 그리는 '사모의 정'은 들국화에도 비유해보고 뜸북새 우는 깊은 밤에도 간곡하게 소리쳐 불러보며 '길 가에 핀 들국화 / 아린 가슴일까'를 비유해본다. 그러나 혼자만이 구긴 가슴을 쓸어안았지 화자의 대답은 허공만 맴돌 뿐 아무런 대답이 없음을 무딘 가슴으로 은근하게 감지해 보인다. 그럴수록 허탈에 빠진 자신의 처절함을 뜸북새가 슬피 우는 비 개인 날에는 '사무치도록 어머니가 그립습니다'라고 외치면서 어머니께 다가가지만 그럴수록 멀어지는 모습이 매우 안타깝다는 몸부림을 만난다. 이제 어머니가 세상에 안 계신다고 감지해 가며.

5. 내 고향 의왕[5]에서 행복하게 살으리랏다

오봉산 자락 고즈넉한 행복
쉴 날 없던 보금자리
조상 대대로 살던 곳
온갖 꽃들이 만발하고
새들 합창 소리
초록 물결 넘실대던
천진난만 개구쟁이 시절
친구들과 뛰어놀던
내 고향 가나무골[6]

5) 경기도 중서부에 있는 시. 1914년 광주군 의곡면·왕륜면이 통합되어 수원군에 속해진 것이 의왕시의 모체(母體)인데, 수도권 지역의 성장에 따라 1989년 의왕읍이 시로 승격되었다. 서울의 위성도시로 1980년대 이후 인구가 지속적으로 증가했으니, 제조업과 원예농업이 중심산업이며, 관광지로는 북부산지와 백운저수지·왕송저수지가 있다. 면적 53.97㎢, 인구 163,978(2020)로 성장한 의왕은 시인이 태어난 곳으로 의왕을 지키면서 잘 살아가겠다는 도톰한 시상이 넓죽하게 자리를 잘 깔고 있어 완만한 행복을 만끽한단다.

6) 의왕시의 남쪽에 위치한 부곡동은 이동, 삼동, 초평동, 월암동의 4개 법정동으로 구성되어 있으며, 자연취락으로는 이동에 '가나무골', 구래, 궁말, 금천말, 상학골, 새터마을, 징계골, 창말(의왕시 이동)로 되어 있다. 이어지는 삼동에는 관사촌, 괴말, 아랫장안말, 윗장안말, 중간말 등이 있으며, 초평동에는 기와집말, 비탄말, 새말, 샛터말, 소수골, 웃말, 음나무재, 중간말이 있다. 월암동에는 건너말, 골잿말, 당재마을, 도룡마을, 방죽말, 부처마을, 새터말, 웃말, 잿말, 조씨마을, 큰말 등 자연취락이 있다고도 알려진다. 다음으로 이어진 부곡이란 지명은 조선 시대에는 과천군 남면 부곡리와 장간리였다고 하며, 1914년에는 시

남부화물터미널[7] 개발에

몇 푼 보상으로 쫓겨나

인근 도시 전전긍긍

다시 돌아온 의왕

오봉산 자락은 아니어도

모락산[8] 자락 뿌리내려

흥군 남면 부곡리였으며, 1989년 1월 1일에 의왕시 부곡동으로 승격되어 지금에 이르고 있다고 알려진다. 서리서리 이어진 마을 유래는 유래담이 되어 시인의 삶과도 같았던 질곡이었음을 느끼게 하지는 않았을까?

7) 남부화물터미널 : 1979년 의왕시 이동 일대를 철도청에서 수용하여 건설한 컨테이너 화물기지가 되었다고 하니 공공건물을 짓기 위해 국가에 헌납한 애국 정서를 발휘한 희생정신은 아닐까 곰곰이 생각해 본다.

8) 의왕시의 중심에 위치해 있는 해발 385m의 산으로서 정상에 오르면 의왕 시내는 물론 안양, 군포, 과천, 서울이 한눈에 들어오는 조망이 좋은 곳이다. 북한산, 도봉산, 관악산, 수락산에 이어 다섯 번째로 조망이 좋은 산으로 알려진다. 모락산 이름의 유래는 근래 발행된 지도에는 모락산(帽洛山)으로 표기되어 있지만, 모락산(慕洛山)이 옳은 이름이란 주장도 있다. 조선 시대 제7대 임금인 세조가 12세기에 등극한 단종을 사사하고 왕위에 오른 것을 목격한 임영대군(1418~1469 세종대왕의 넷째아들)은 왕위도 좋지만 혈족간에 살생까지 한 세조에게 반감이 생겨 매일이 모락산에 올라 옛 중국의 수도인 낙양을 사모하여 소일하였다하여 모락산이라고 부른다. 그럴듯한 모락산 이름의 유래는 또 있다. 임진왜란 당시 인근의 백성들이 모두 왜병을 피해 모락산의 한 굴에 피난을 갔다고 한다. 하지만 한 어린이가 빠져 이 아이는 가족을 잃고 울고 있었다. 결국 왜병은 이 아이를 발견하고 굴에 불을 질러 굴 안에 있는 모든 사람들을 몰살시켰다고도 한다. 그때부터 이 산은 사람들을 '몰아서 죽였다'는 의미로 '모락산'이 되었다고 한다. 효성이 지극했던 정조는 수원화성에 있는 자기 아버지 사도세자의 묘 융릉에 일년에 한 번

옛 추억 상기하며
가족과 함께 오순도순
행복하게 살아가련다.
― 이필정 「내 고향 의왕」 전문

　오봉산은 여러 지방에 즐비하게 많이 있다. 강원도 춘천, 경남 양산, 전남 벌교, 경기도 청평 등에도 오봉산이 있다. 봉우리가 다섯이라고 하여 오봉(五峯)이라고 했다고 오봉을 지키는 백의민족의 슬기가 대단해 보인다. 시인의 고향인 의왕에도 크고 작은 산이 즐비하여 오봉과 짝을 맞추면서 그 이름을 빛을 발하면서 작명했음은 아닐까. 의왕에는 '모락산·오봉산·백운산·청계산' 등이 있어 산의 위용을 자랑함은 아니었을까. 그래서 시인은 미래지향적인 상상과 철철 넘치는 시상들은 오봉산의 슬기를 닮아서 전설과도 같은 꿋꿋한 기상을 닮지는 않았을까.
　시인의 꿋꿋한 의지는 내 고향을 찬미하면서 힘차게 노래하는 분명함을 만날 수 있어 보인다. '오봉산 자락 고즈넉한 행복 / 쉴 날 없던 보금자리'라면서 조상 대대
씩 빼지 않고 성묘를 다녔다. 정조의 능행은 과천의 남태령을 넘어 인덕원에서 잠시 쉬고 난 후 모락산 아래를 지나 1번국도 수원과 의왕 경계의 지지대 고개를 넘어 수원으로 들어갔다. 그 당시에 발간된 원행정례(園行定例)와 전주이씨 임영대군파 족보에는 모락산(慕洛山)으로 되어 있어 지명을 이해하는데 있어서나 평설자가 이해하는데 참고되었다. 시인은 정조를 닮아 어머니에 대한 효심과 형제간에도 화목을 보였음은 아니었을까 본다.

로 자기가 살던 곳을 끄집어내려는 고향 사랑의 참마음
을 다소곳이 읽어낼 수 있다. 시인이 살던 고장은 온갖
꽃들이 만발하는가 하면 새들의 우렁찬 합창 소리가 귀
가를 쟁쟁하게 하면서 '초록 물결 넘실대던 / 천진난만
개구쟁이 시절'을 가만히 떠올린다. 향수에 젖은 자연적
인 애향심은 인위적인 우정으로 치환(置換)시키면서 철없
던 시절 친구들과 어울려 뛰어놀았던 '내 고향 가나무골'
을 찬미하게 된다. 가슴에서 스쳐 나온 고향의 노래는 유
가(儒家)의 경전(經傳)이 되더니만, 불가(佛家)의 불경(佛經)이
되면서, 구교인 가톨릭교(舊教)인 천주교의 성경(聖經)이 되
는가 했더니만 신교인 개신교의 찬송(讚頌)은 아니었을까
되묻는다.

　화자의 안타까움은 고향을 떠나 전전긍긍했던 어려웠
던 시절로 회귀해 보인다. '남부화물터미널 개발에 / 몇
푼 보상으로 쫓겨나 / 인근 도시로 전전긍긍 / 다시 돌아
온 의왕'이란 질곡의 시간은 많은 고통과 시름을 안겨주
었음을 떠올린다. 공공건물 건축하겠다고 토지수용을 발
동하게 되면, 몰수(沒收)와도 같은 재산권은 그만 박탈(剝
奪)당하고 만다. 불가분의 토지수용령이나 다름이 없음
을 화자의 구김살 없는 허탈감을 한 자락 시상으로 어찌
다 감당할 수 있겠는가. 그래서 시인의 입을 빌은 화자는
'꿩 대신 매'라고 '오봉산 자락은 아니지만 / 모락산 자락

뿌리내려 / 옛 추억 상기하며' 살겠다는 속 깊은 각오를 다짐한다. 전전긍긍했던 그 시절, 친구들이나 친지를 멀리했던 그 시절을 상기하면서 이제는 '가족과 함께 오순도순 / 행복하게 살아가련다'는 살점 도려내는 새로운 각오를 했으리라.

6. 내 고향 의왕에 세워진 아담한 우리 집

모락산[9] 자락
고즈넉이 내려앉은 섶다리에 걸터앉아
맑은 냇물 가슴 적시고
초롱한 산새들 노랫소리에
얼굴마다 환한 웃음이
사랑의 배달부 되어 손 흔들고
추억 줍는 발길이 여유롭구나
My House!

꿈을 싣고 살아가는 행복 충전소
저녁이면 별들도 모여들어
가슴에 담아 온 이야기 쏟아내고

---

9) 모락산(慕洛山)은 경기도 의왕시 오전동과 내손동에 있는 높이 385m의 완만한 산이자, 광교산 자락에 위치해있다. 의왕시민들의 놀이공원처럼 사용한 곳이다. 모락산 정상 주변에는 모락산성이 떡 버티면서 누워있다. 모락산은 주변 조망이 뛰어나 의왕시의 전망대라 불리며 의왕시민들의 도시공원 역할을 하면서 찾는 이들이 폭발적으로 늘어나고 있는 현상이다. 그래서 산책 삼아 등산하는 이들의 발길이 끊이지 않는다.

정다운 이웃 그리운 사람들
기쁨과 슬픔 고루 나누며
한 지붕 아래 오롯이 살아가는
세상 하나밖에 없는 꿈의 궁전
My House!
— 이필정 「My House!」 전문

흔히들 사람이 살아가는 3대 요소가 있으니 의식주(衣食住)[10]라고 했다. 사람이 살아가는데 '입을 옷'과 '먹는 음식' 그리고 잠을 자면서 살아갈 안식처인 '사는 집'이 있어야 된다는 말을 한다. 현대 고도의 문명사회가 되면서 사는 집이나 살아야 할 주거(住居) 문제가 이 만큼 중요한 때가 일찍이 없었다고 말하는 것도 필수 불가결한 삼 요소를 수반하고 있기 때문이겠다. 그렇지만 순서를 뒤집어 놓으면 주택이 맨 앞자리에 놓아도 결코 무방하리라는 생각도 든다. 요즈음 천정부지로 치솟아 돌아가는 주택문제가 중요한 것도 이를 여실히 증명해 주고 있다.

시인은 이런 점을 감안하여 현대인들이 가장 중요하

---

10) 의식주(衣食住)는 인간 생활의 기본적 요소인 '입는 것, 먹는 것, 사는 곳'을 이르는 말이다. '입는 옷'은 외부의 자극으로부터 우리 몸을 보호해 주며, 사회생활에 필요한 예절을 지킬 수 있도록 해준다. '먹는 음식'은 사람이 활동하는 데 필요한 힘을 얻게 해주며, '사는 집'은 우리의 생명과 건강뿐만 아니라 재산도 안전하게 지켜주는 역할을 한다. 이 세 가지는 '인간 삶의 3대 필수요소'라고 해도 과언이 아니다.

다고 인식하는 '살고 있는 나의 집'이라 시상을 일으켰다. 모락산 자락에 곱게 자리 잡아 고즈넉하게 내려앉은 섶다리에 걸터앉아 있으면 '맑은 냇물 가슴 적시고 / 초롱초롱하게 산새들 노랫소리에' 행복한 나의 생활이 이어지고 있다는 시상을 일으켜 세운다. 남부터미널 부근에 자리를 잡아 살았던 출생지보다 훨씬 만족한 집이 아닌가 하는 생각이 든다. 온 집안 식구들의 '얼굴마다 환한 웃음이 / 사랑의 배달부 되어 손을 자주 흔드니 / 추억 줍는 발길이 여유롭구나 / 이토록 만족하기 그지없는 My House로구나'하는 노랫소리가 들리는 듯하다는 풍성함이 묻어난 시어(詩語)다.

주택문제가 완전하게 해소가 되고 마음이 편안해진 화자는 이제 'My House! My House!'를 몇 번이고 외쳐도 무방했으리라는 생각이 들어 평자는 든든한 마음으로 안식처가 되곤 한다. '꿈을 싣고 살아가는 행복 충전소 / 저녁이면 별들도 모여든다'는 시어군이 어찌 저리 고울까라는 안도의 한숨이 무심코 가슴이 뭉클하게 스쳐 지난다. 그래서 화자는 짜릿하게 '가슴에 담아 온 이야기를 쏟아내고 / 정다운 이웃 그리운 사람들과' 나의 집에서 고루 나눌 수 있도록 만족하게 되었다는 시상이 곱기만 하다. 화자는 숨이 가쁜 심정은 이제 극에 달하고 있음을 여실히 보여준다. '기쁨과 슬픔 고루 나누며 / 한 지붕 아래 오롯이 살아가는 / 이 세상에 오직 하나밖에 없다'면서 춤이라도 덩실덩실 추는 "꿈의 궁전 / My House!"를 힘차게 외치는 듯하여 평자의 마음은 더없이 든든하기만 하다.

7. 손자의 손을 부여잡고 행복한 저 나들이

할아버지가 좋아
따라나서는 손자
귀찮기도 하지만

싫다 소리 못하고
손잡고 함께 걷는다

"저게 무슨 꽃이야?"
"그건 장미꽃이야!"
"네 얼굴처럼 예쁘구나!"

발아래 곤충을 보면
겁 없이 잡아들고
만지작만지작

"징그럽지도 않아?"
"더럽게 만지면 어떡해!"
이야기한들 무엇하랴

천방지축 손자 행동에
바람도 휭하니 스쳐 지나가고

우주도 고개를 젓는다

그래도
굴곡진 내 얼굴엔
화한 미소가 감돈다.
— 이필정 「참사랑」 전문

　첫 손자를 맞이하여 할아버지 할머니가 되는 일은 무
거운 짐이 된다는 엄연한 현실이 한 등 무거운 짐으로 남
는다. 그렇지만 손자 손녀를 데리고 외출을 나가보라. 처
음 보아 신기한 것을 낱낱이 물었을 때 일일이 대꾸한다
는 일은 짐이 될 수도 있겠지만 세상에 태어나서 한 단계
성숙했다는 증거가 되기도 한다. 먹을거리를 사달라고
조르는 손자의 어진 자태(?)는 굳이 수염을 만지지 않더
라도 어른이 되었다는 성숙한 모습으로 따스한 말대꾸를
하는 것만으로도 극진한 만족감을 느낀다. 그런 즐거움
은 대단히 크다. 이른바 세상에 태어나서 인간의 할 도리
인 참사랑을 만끽하게 느끼면서 가족의 일원이 하나 더
생겼다는 참사랑을 알겠다.
　시인은 이런저런 생각을 간직하면서 손자의 손을 붙
잡고 나들이를 나섰다. 입을 가만히 두지 않는 버릇이 있
어 일일이 대동한다는 것, 자체만도 어찌 보면 짐 덩어리
가 될 수가 있다. 그렇지만 손자와 서슴없는 대화들이 오

고 간다. '할아버지가 좋아 / 따라나서는 손자 / 귀찮기
도 하지만 / 싫다는 소리 못하고 / 손잡고 함께 걷는다'
는 터벅터벅 길을 걸으면서 다음과 같은 어투의 시상으
로 이어진다.

　　손자 : "저게 무슨 꽃이야?"

　　조부 : "그건 장미꽃이야!"

　　　─ 　 : "네 얼굴처럼 예쁘구나!"

　장미꽃에 많은 관심을 갖고 있는 손자의 묻는 말에 서
슴없는 할아버지의 대화가 다시 이어진다. 꽃에 대한 사
랑이 깊이 배어있고 할아버지 말씀을 잘 따르는 손자의
숨김없는 정신이 잘 혼합되어 있는 등 끔찍한 사랑 정신
을 엿보인다.

　화자는 손자의 행동에 대한 할아비지의 생각을 서슴
없이 노출해 보인다. '발아래 곤충을 보면 / 겁 없이 잡아
들고 / 만지작만지작' 거리는 행동을 그대로 나타내는 굴
곡 없는 시어를 말과 행동으로 차지하면서 자리를 채운
대화체 문장이다.

　　조부 : "징그럽지도 않아?"

　　　─ 　 : "더럽게 만지면 어떡해!"

　이야기한들 (달리) 무엇하랴. '천방지축 손자 행동에 /
바람도 휭하니 스쳐 지나가고 / 우주(宇宙)도 설레설레 고
개를 젓는다' 생명이 있는 자연을 함부로 그렇게 그래서

는 안 된다면서… 손자를 슬슬 달랜다. '그래도 / 굴곡진 내 얼굴엔 / 화한 미소가 감돈다'는 시적인 감흥이 오히려 감칠맛을 느낀다. 흔히 이야기한다. 다소 엉뚱함이 오히려 여러 사람 입에 회자(膾炙)된다는 말이 맞겠다. 손자를 데리고 외출 나갔다가 손자의 엉뚱한 행동이 더러 거북하다 해도 이것이 '참사랑'이다.

8. 이제 인류를 멸망시키려고 네가 왔었나

상큼한 떨림으로 찾아온 향기
숨기려 해도 봄의 공간은 작아지고
허술한 소식은 새순 돋아날 기미도
붉은 꽃술 피워내던 매화도
입 가려 눈치만 살핀다

가는 곳마다 거리는 표류하고
적막과 혼돈의 불신은 진실을 외면한 채
겹겹이 입을 막고 출구 없는 숫자만 떠돈다

불안과 공포 절망은 깊어만 가고
거리 두기 신규확진자 길 잃은 시간
의료봉사자 마스크 방호복 안간힘에도
떠날 줄 모르는 바이러스
온 세상 생활 패턴을 바꾸어 버렸다

어머니 계신 요양원 창 너머 눈물짓고
웨딩드레스 축하 소리 먼발치에서 바라볼 뿐
사랑의 꽃다발 누구에게 주려나
백일잔치 돌잔치 초대 없고
텅 빈 운동장 아이들 심장 소리 들리지 않네

겹겹이 잠식당한 세포에
사투를 벌이는 공간마다
농도를 가늠치 못한 동행
생사를 넘나드는 고통 무슨 힘으로 버틸까

바이러스 온통 지구촌을 혼란 속으로 휘몰아도
환희의 입소리로 바이러스 물리칠
백신 개발연구[11]에 총력을 쏟는다.
　　　　－ 이필정 「위기의 바이러스」 전문

---

11) 2019년 중국 우한지방에서 시작된 코로나19 바이러스가
전 세계로 퍼져 지구촌이 온통 아우성이다. 코로나바이러스
(coronavirus)는 1937년 닭에서 최초로 발견되었고, 조류뿐만
아니라 소, 개, 돼지, 사람 등을 감염시킬 수 있다. 감기와 같
은 호흡기 질환 및 소화기 질환을 일으키는 RNA 바이러스로
위험성이 높지 않다. 다만, 코로나바이러스의 변종인 사스-코
로나바이러스(SARS-CoV)는 SARS(중증 급성 호흡기 증후군)의 원인
으로 알려져 있으며, 2003년 발생한 SARS로 인해 전 세계 약
800명 정도가 사망에 이르렀다. 또한, 메르스-코로나바이러
스(MERS-CoV)에 의해 발병하는 메르스는 발열, 기침 등의 증
상을 나타낸다. 중동 지역에서 주로 발생하였으나 2015년 우
리나라에서 186명이 감염되고 38명이 사망하였다. 이와 같은
변종 코로나바이러스의 감염으로 인한 질병에 대한 백신이나
치료제는 없다고 알려진다.

이 신종 바이러스는 2019년 말 처음 인체 감염이 확인됐다는 의미에서 '코로나-19'로 명명되었다. 지금까지 코로나바이러스는 단 여섯 종만이 사람에게 감염되는 것으로 알려져 있었으나 이번에 발생한 바이러스는 알려진 바와는 다른 코로나바이러스와는 달라 신종 코로나바이러스로 분류되었음을 알 수 있다. 코로나바이러스는 사람이나 동물에서 호흡기 질환을 일으키는 바이러스로 감기를 일으키는 원인 바이러스 중 하나란다. 코로나19 바이러스는 중국 우한지방 발이다.

시인은 이제 상큼한 떨림으로 엉기적거리며 찾아온 향기라면서 다독거려 숨기려고 해도 봄의 공간은 도리어 작아지고 있음을 안타깝게 생각한다. '허술한 소식은 새순 돋아날 기미도 / 붉은 꽃술 피워내던 매화도 / 입 가려 눈치만 살핀다'는 시적인 상상력을 맥없이 떠올린다. 가는 곳마다 마스크를 끼고 거리를 표류하면서 '적막과 혼돈의 불신'이란 진실을 모두 외면한 채 '겹겹이 입을 막고 출구 없는 숫자만 떠돈다'는 아비규환을 만들어 내고 만다. 지금 서 있는 곳이 어디인지 갈 길을 잃은 채 '불안과 공포 절망은 깊어만 가고 / 거리 두기 신규확진자들은 길 잃은 시간'이라는 허탈감을 폭로한다. 여기 한번 바라보시게. 의료봉사자들은 마스크와 방호복 안간힘에도 떠날 줄을 모르는 저 바이러스 때문에 그만 온 세상 생활 패턴을 완전하게 뒤바꾸어 버렸다면서 부르르 떨리는 한탄을 토로한다.

화자는 두 눈을 크게 뜨고 어머니가 맥없이 갇혀 있는 요양원 창 너머에서 눈물만 짓고 웨딩드레스 축하 소리나마 먼발치에서 바라볼 뿐이란 소름에 벌벌 떤다. 이제 손에 쥔 '사랑의 꽃다발 누구에게 주려나 / 백일잔치 돌잔치 초대 없고 / 텅 빈 운동장 아이들 심장 소리 들리지 않다'는 쓰라린 속내를 내려다본다. 아~ 장밋빛보다 더 붉은 눈물의 속사정을 누구에게 하소연하리. 저리도 세찬 기세를 부리는 인류의 통곡 앞에 잠식당한 세포들 호소를 담아낸 사투 앞에 맥이 없다. '농도를 가늠치 못한 동행 / 생사를 넘나드는 고통 무슨 힘으로 더 버틸까'라는 호소가 듣는다. 위세가 당당한 바이러스가 지구촌을 혼란 속으로 휘몰아치는 가운데 환희의 작은 입소리로 바이러스 물리칠 '백신 개발 연구에 총력을 쏟는다' 소리만을 매만지면서 울부짖고 있다는 인류의 이름을 담아 그만 탈출구를 찾는다.

9. 코로나야 어서 빨리 인류의 곁을 떠나다오

봄바람에 나뭇가지
물오르는 소리

하얀, 노랑, 분홍 꽃들이

대롱대롱
햇빛을 쏘이며
바람에 흔들리며
향기를 뿜어낸다

세상살이 녹록지 않아도
자연의 흐름은
변함없건만

코로나바이러스
떠날 줄 모르고
주위를 맴돈다

꽃향기 바람에 실려
나비 날게 되어
멀리멀리 날아가거라

네가 가고 싶은
천길만길
다시 올 수 없는 곳으로

제발, 제발
마스크 없는 세상
인류를 구할 수 있게
사라져다오.
— 이필정 「코로나야, 사라져다오」 전문

이 바이러스는 현미경으로 관찰했을 때 코로나(원둘레에 방사형으로 빛이 퍼지는 형태) 모양이라서 붙여진 이름이란다. 2003년 사스(중증 급성 호흡기 증후군)와 2015년 메르스(중동 호흡기 증후군)가 이 코로나바이러스로 인한 것이었음은 자연스럽게 알려진 사실이다. 국제보건기구(WHO)에 따르면 우한에서 발생한 새로운 코로나바이러스의 확산은 동물에서 비롯된 것으로 인정하려고 한다. 무서운 속도로 세계를 강타하고 맹위를 떨치고 있다. 인간에게 내린 신의 재앙은 아닐까?

시인은 일반적인 코로나바이러스는 환자의 침방울 등의 분비물을 통하여 감염되지만, 신종 코로나바이러스는 새로운 바이러스이기 때문에 감염 경로는 아직 명확하게 밝혀지지 않은 상태를 그냥 되씹는다. 그래서 맥없는 봄바람에 나뭇가지가 물오르는 듯이 소리 나듯이 하얀, 노랑, 분홍 꽃들이 제각기 자랑하듯이 열렸다. 그래서 시인은 '대롱대롱 / 햇빛을 쏘이며 / 바람에 흔들리며 / 향기를 뿜어낸다'는 두터운 시상으로 덮어내고 만다. 지금은 초조한 마음으로 '세상살이 녹록지 않아도 / 자연의 흐름만은 변함이 없건만' 미력한 인간은 마음만 초조하다. '인류를 지키신 신이여! 코로나바이러스가 / 저리도 떠날 줄을 모르고 / 우리의 주위를 빙빙 맴돌고 있나이다.' 부디 제네들을 거두어 주시길 간곡히 바라옵니다. 기도드리는 나약함을 보이고 있을 뿐이다. 모두가 죄인 되는 그러한 심정으로…

화자는 자연을 축출(逐出)하려는 심정으로 힘 빠진 호소를 드린다. '꽃향기 바람에 실려 / 나비들은 날게 되어 / 멀리멀리 날아가거라'라면서 가만히 속삭여준다. 몇 번을 추켜세워도 들은 척 만 척하는 신종 코로나19 그의 정체는 과연 무엇이란 말인가. "이제 인류를 말살시킬 각오를 단단히 하고 넉살 좋게 차려입고 화자의 면전에 뻔뻔히 나타나서 저리 멋지게 폼을 재고 있단 말인가." 시인은 한참을 고민하더니 화자의 입을 통해 쓰디쓴 한 마디를 토해내고 만다. '네가 가고 싶은 / 천길만길 / 다시 올 수 없는 곳으로' 영원하게 떠나라는 우렁찬 한 마디가 천지를 진동할 듯하다는 승차권 한 장을 쑤욱 내민다. 그리고 중얼거린다. '제발, 제발 / 마스크 없는 세상 / 인류를 구할 수 있게 / 사라져다오'라는 쓰디쓴 한 마디를 쑤욱 들이민다. 어서 빨리 눈앞에서 사라지라는 한 마디 호통을 치면서…

10. 민족의 얼을 담은 한산 소곡주 한 잔 마시며

건지산[12] 자락 맑은 물

---

12) 건지산은 충청남도 서천군 한산면 호암리, 한산 지방에 있는

비옥한 땅에서 자란
통밀로 만든 누룩에
쌀가루에 물 섞어 밑술 되고

찹쌀 고두밥에 밑술 섞어
덧술 만들어지면

메주콩, 엿기름, 국화, 생강 등
집집마다 다양한 재료 섞어
서늘한 곳 100일 숙성
전통 소곡주[13]가 탄생한다

달착지근한 감칠맛에

아담한 산으로, '소곡주'와 '한산모시'로 예로부터 유명한 곳이다. 술 문화가 무성한 요즘 시대이고 보면 '소곡주'야말로 그 이름값을 더하고 있단다.

13) 소곡주(素麴酒)는 멥쌀과 고운 누룩 가루로 빚는 한국의 전통 술로 알려진다. 일명 '앉은뱅이 술' 또는 '소곡주(小麴酒)'라고 불리기도 한다. 소곡주는 국(麴, 누룩)이 적게 든다는 뜻이라 한다. 소곡주는 원래 백제 왕실에서 즐겨 마시던 술이라고 깊은 뜻을 담고 있다. 충청남도 서천군의 한산면의 소곡주가 널리 알려져 있다. 맛은 단 편이고 도수는 18도 정도이다. 재료는 '멥쌀과 찹쌀', 잘 빚은 누룩, 그리고 맑은 물이다. 1차로 '밑술'을 빚고 2차로 위로는 '덧술'을 다시 빚는다. 멥쌀은 쌀눈이 떨어져 나가도록 100번을 씻어서 불려 놓았다가 쓰인다. 꼬들꼬들하게 '찹쌀 고두밥'을 지어서 '밑술'에 더하는 것이 '덧술 과정'이라고 한다. '고두밥'을 섞을 때에도 누룩을 더 넣는다. '덧술'까지 빚은 후 술독에 옮겨 담고 100일 동안 완숙이 되는데 이 모두가 소곡주의 '숙성과정'을 기다린다. 술이 익으면 술독에 대나무 용수를 깊이 박아 놓고, 용수 안에 맑게 고인 술을 떠냈으니 온갖 정성을 들여 빚은 우리네 전통주다.

과거 시험 한양 가던 유생
소곡주에 취해 일어서지 못하니
일명 앉은뱅이 술이라

혀끝을 맴도는 부드러움에 매료되어
몇 순배 들고나니
양귀비가 찾아온 듯
기분이 샤방샤방 하구나.
― 이필정 「한산 소곡주」 전문

　소곡주는 '앉은뱅이 술'이라고 하는데, 그 유래를 보면
며느리가 술맛을 본다고 시루 뚜껑을 열어서 젓가락질을
하면서 빨다 보면 어느새 취해 버려서 일어서지도 못한
채 앉은뱅이처럼 엉금엉금 기어 다닌다고 하여서 붙여졌
다고 한다. 또 한 유래는 한양으로 과거를 보러 가던 선
비가 한산을 지나가다가 목을 축이려고 주막에 들러 미
나리 부침을 안주로 삼아 한잔하고, 두 잔째부터는 흥취
가 돌아 시를 읊으며 달을 희롱하여 즐기다가 과거 날짜
가 훨씬 지나서야 집으로 뒤돌아 갔다 하여 붙여진 이름
이라고도 한다. '소곡주(素麴酒)'에 붙여진 그 이름이다.
　시인은 우리 선현들로부터 많은 사랑을 받았던 술이
라는 뜻으로 소곡주에 대한 애정을 담았음을 알겠다. 건
지산 자락의 맑은 물로 비옥한 땅에서 올곧게 자란 통밀
로 만든 누룩으로 '쌀가루에 물 섞어 밑술이 되고 / 찹

쌀 고두밥에 밑술 섞어 / 덧술 만들었다'고 했단다. 매사의 일은 온갖 정성이 필요함을 강조한 사상의 멋을 가득하게 담아내고 있다. 밑술을 삼아 찹쌀 고두밥에 덧술을 만들어 붓는다고 했다. '메주콩, 엿기름, 국화, 생강' 등의 재료를 더해 부어 집집마다 다양한 재료 섞어 서늘한 곳에서 100일을 숙성시킨다는 제조과정을 자상하게 일구어내고 있다. 곧 소곡주의 탄생과정을 정돈되게 싣고 있음이 매듭진 구체성을 띤다.

이와 같은 밑그림이란 여과 과정을 거치면서 탄생된 소곡주를 두고 화자는 자기의 속 깊은 생각을 까칠하게 덧칠한다. 애써서 빚은 소곡주에 대한 술맛을 비유적인 깊은 시심으로 담는 술맛과 함께 그 무게가 가볍지만은 않았을 향긋한 맛으로 일구어서 내놓는다. 소곡주의 달착지근한 감칠맛에 그만 취했던 어느 유생이 과거 시험 한양 가던 유생 길에 소곡주에 취해 일어서지 못했다고 하니 가히 이를 일러서 일명 '앉은뱅이 술'이라고 불렀다는 속설이 전하고 있음을 재차 떠올린다. 이제 시인의 입을 빌은 화자의 혀끝은 얼큰한 맛에 그만 취했다는 체험을 떠올린다. '혀끝을 맴도는 부드러움에 매료되어 / 몇 순배 들고나니 / 양귀비가 찾아온 듯 / 기분이 샤방샤방했음'을 술잔 위에 올려놓는 재담까지 길게 늘어놓았다. 애주가(愛酒家)들은 소곡주의 안주로는 주꾸미가 가장 적

당하지 않을까 본다고도 했으니 특수계층 소곡수에, 일미의 주꾸미 안주는 특별한 맛이었을 것이다.

Ⅲ. 결어(結語) : 시적인 지향 세계를 다독이면서

(1) 이필정 시인의 시 작품 70편을 모아 『봄날의 향연』이란 찰흙 냄새 물씬한 10편의 작품을 골라 시평으로 상재했다. 등단한 지 20여 년 동안에 시집 10권을 엮어 내어 주위 친지들에게 일일이 나누어 주는 등 가슴으로 우러나오는 시상에 따라 읽는 이의 불타는 가슴을 뜨겁게 울리는데, 주저함을 보이지 않았던 분이 이필정 시인이다. 이력에서도 보았듯이 이 시인은 문학을 전공한 문학도도 아니요, 문학적인 상상력이나 소양이 타고난 대단한 분도 아니다. 친지나 선배들에게 알찬 가르침을 받는 것도 아니었을 뿐만 아니라 한번 하려는 마음이 서면 결코 하고야 마는 집념 하나만을 부여안고 시를 공부하면서 암송하는 등 특수성을 공부했으며, 시적인 비유법이나 상징법 등을 익히는데 선도적인 역량을 꾸준하게 펼쳐왔음이 선하게 아려온다. 책을 읽어야 한다고 한번 결심하면 밤을 새워 가면서 읽어버리는 학구열에 시집을 발간하는 학구열 그것이었을 것이다.

(2) 이필정 시인의 작품을 눈여겨 훑어보면 고향에 대한 시가 월등하고, 구성지며, 인상적이다. 인척간에 사모하는 정분이 철철 넘쳐흐르는 질곡의 인상 속에 구김살 없는 정서가 썩 안정적이다. 사는 거처(집)에 대한 애착이 도톰했으며, 친지와 함께 더불어 하려는 시에 대한 공이 선한 모습을 아름답게 그려내고 있었다. 남다르게 서정성이 깊은 이(李) 시인의 작품을 눈여겨보면 시가 그림인지, 그림이 시인지 구분하지 못할 만큼 질곡을 찌르며 인식을 심었다. 그림 한 폭씩을 곱게 담아 그려놓듯이 해설하는 정분들이 썩 고왔다. 또한, 어느 장(章)이나 14편씩 놓아 5장(章) 안에 70편의 시를 계통적으로 다잡아 놓는 것도 인상적이었다.

(3) 이필정 시인은 시 작품 한 편을 끝마칠 때마다 마침표 하나만을 고집하며 찍은 좋은 습관이 스미어 칭찬을 아끼지 않으려 한다. 작품 70수 전체를 하나 같이 그렇게 했다. 평자는 시인들을 만나 대화 나눌 때나, 평론가로서 연단에 올라 심사 및 비평문을 낭송할 때가 많다. '작은 것이 큰 것'이라는 전제하에 한 편의 시 작품 속에는 마침표를 한 번만 표기할 것을 주문한다. 시를 끝맺음하는 맨 마지막에 시상의 문을 열었다가 시적인 사상과 감정의 문을 닫아 정리하는 마지막에 마침표 하나를 꼭 찍기를 권장한다. 어느 때부터인가 우리 시단에 불문율

과 같은 마침표 하나만 찍도록 하는 여론이 조성되었다. 그럼에도 불구하고 '~했다' 하는 문장 다음에 5개가 있거나, 10개가 있거나를 상관없이 그 숫자를 가리지 않고 마침표를 습관적으로 찍는 어두운 작가를 가끔 만난다. 강의를 듣고도 말을 알아듣지 못하는 상대가 짜잔했고, 어쩌면 괘씸할 때가 더러(?) 있었다. 기본도 모르고 자기인 척하는 작가(시인)가 안타깝기도 했다. 운문인 시에서만 그렇게 할 뿐, 산문인 '수필·희곡·소설'을 비롯하여 보도문 등은 그렇지 않은 경향이다.

(4) 이필정 시인의 작품 세계는 가족과 친지라는 가까운 분의 근황을 시적인 상황으로 국한해 보이고 있는데, 첫째는 필연성의 관계성에 초점을 맞추는 기발함을 발휘해서 고왔다. 둘째는 시적인 지향 세계가 지역적인 사회 변천의 과정에 적절하게 초점을 두었음을 알 수 있도록 하였다. 셋째는 국가의식과 사회적인 발전 속으로 구겨넣으려 했던 시상의 주머니를 툭툭 털어내어 시적인 지향성에 대립을 겨루는 양면성이 많이 돋보였다. 이 시인은 자잘한 생각을 버리고 원대한 생각을 많이 하시길 바란다. 이필정 시인은 앞으로 건강하게만 사신다면 칠순, 팔순을 넘나들면서 성실한 시인으로서의 그 소임을 다하실 수 있는 넉넉한 자질이 독특해 보이고 있어 더 많이 익숙하리라 믿어 의심치 않는다. 작품적인 요소요소에 앙큼한 시적인 결과물들이 잘 영글 수 있기를 기대한다.

봄날의 향연

초판인쇄 · 2021년 6월 4일
초판발행 · 2021년 6월 15일

지은이 | 이필정
펴낸이 | 서영애
펴낸곳 | 대양미디어

04559 서울시 중구 퇴계로45길 22-6(일호빌딩) 602호
전화 | (02)2276-0078
팩스 | (02)2267-7888

ISBN 979-11-6072-080-8 03810
값 12,000원